KB033276

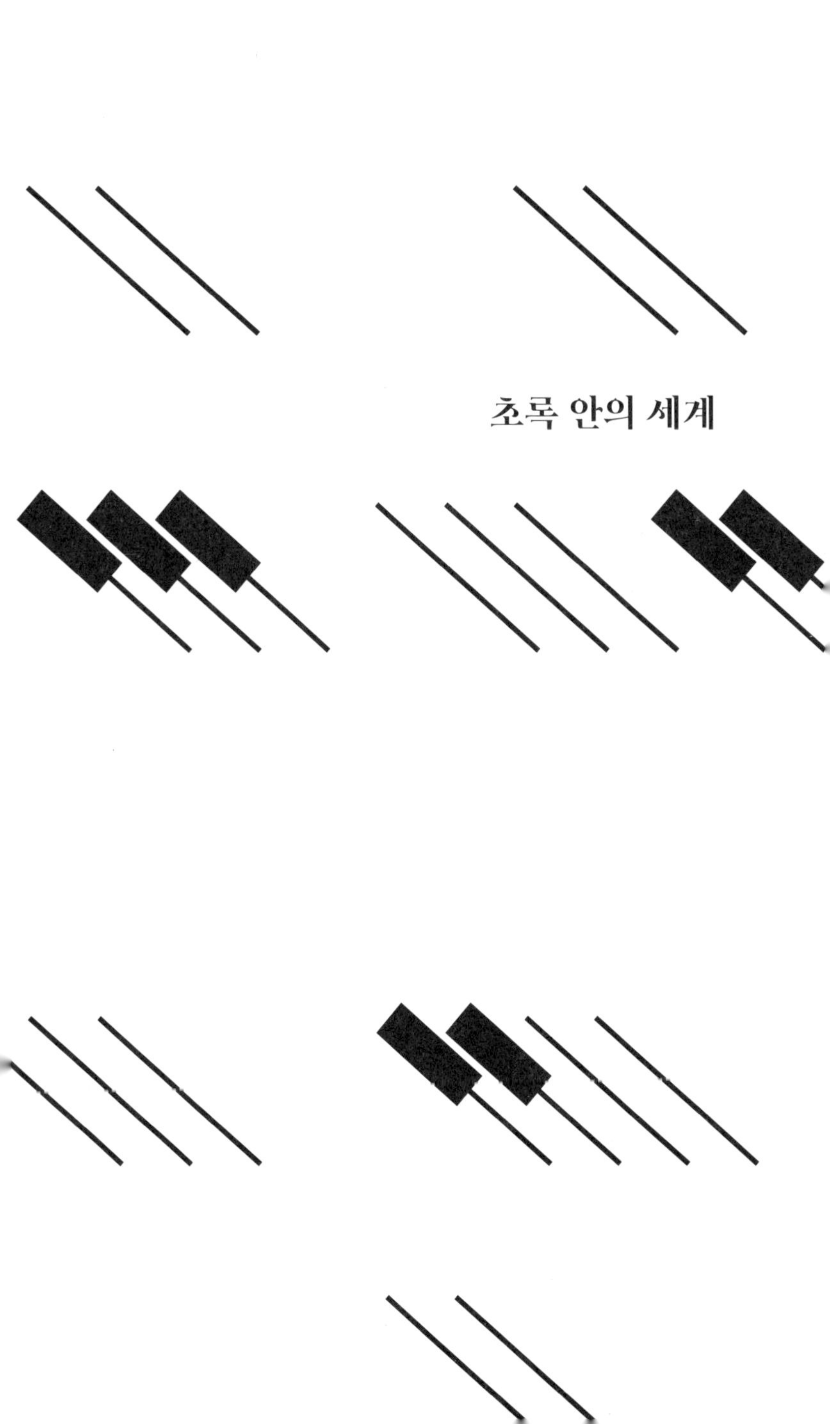

초록 안의 세계

노크 | 03

이서도 소설

초록 안의 세계

차례

탁. 경쾌한 소리와 함께 초록 잎이 달린 가지가 떨어진다.

최 선생님은 한 손으로 자그마한 전지가위를 들고 다른 한 손으로 창문에 달라붙은 담쟁이 줄기를 잡고 뚝뚝 끊어 냈다. 건물 끝까지 기어 올라갈 것만 같던 담쟁이는 가위질 한 번에 최 선생님이 올라간 사다리를 두 손으로 붙잡은 연서의 발 옆으로 떨어졌다.

"가을만 되면 일이 두 배네요."

최 선생님은 창문 한 면에 붙은 담쟁이를 모두 떼어 내고 사다리에서 내려오며 푸념했다. 연서는 사다리를 들어 담쟁이로 뒤덮인 바로 옆 창문 가까이에 갖다 댔다.

"원장님이 너무 싫어하시더라고요. 제가 떨어진 거 쓸고 있을게요."

연서는 벽에 기대 두었던 초록색 빗자루를 들었다. 가지에 달린 잎들은 연서의 손짓에 힘을 잃고 뒹굴다가 뒤집혀, 방금까지 창문을 타고 올라가려던 동글동글한 수십 개의 손가락을 드러냈다.

"징그러워. 꼭 손가락 같잖아."

원장의 말을 떠올렸다. 창문에 다닥다닥 붙어 있는 담쟁이의 덩굴손을 보며 원장은 마치 담쟁이가 자신의 몸을 감고 올라오는 듯 인상을 찡그렸다. 치우는 건 난데 말이야, 연서는 중얼거리며 하얀색 목장갑을 낀 손으로 힘없이 늘어진 줄기를 한 움큼 주워 자루에 집어넣었다.

악, 짧은 비명에 연서는 손에 쥔 자루를 놓고 뒤를 돌아봤다. 최 선생님 왼쪽 검지에서 피가 뚝뚝 떨어지고 있었다.

"선생님! 괜찮으세요?"

연서는 곧장 뛰어가 사다리 위로 손을 내밀었고, 최 선생님은 연서의 손을 잡고 한 칸씩 천천히 내려왔다. 그 속도에 맞추어 손가락을 타고 흐르던 핏방울도 한 방울씩 바닥의 초록색 잎들 위로 떨어져 선명하게 색을 드러냈다.

"가위질이 서툴러서요… 괜찮을 거예요."

"괜찮긴요. 빨리 들어가서 치료해요."

연서는 최 선생님의 멀쩡한 반대편 손을 붙잡고 학원 안으로 이끌었다.

"왜 이렇게 일찍 들어와? 아직 정리가…"

원장은 말을 끝내지 못한 채 최 선생님의 손가락을 보고 놀라 자리에서 일어났다. 어머, 어머, 말을 이어 가지 못하며 두리번댔다. 책장 위에 있어요, 연서의 말에 원장은 교재가 꽂혀 있는 책장 위에서 구급상자를 꺼냈다.

화장실에서 손을 헹구고 온 최 선생님의 손에 연서는 약을 바르고 붕대를 감았다.

"애들한테만 쓸 줄 알았는데. 조심 좀 하지 그랬어."

원장은 뒤에서 혀 차는 소리를 냈고, 그러게요, 최 선생님이 내답했나.

"손가락으로 먹고사는 사람이 조심해야지."

원장님이 시켜서 이렇게 된 거 아닌가, 연서는 최 선생님 손가락에 감긴 하얀 붕대를 당기며 튀어나올 것만 같은 말들이 새지 못하도록 꾹꾹 담아 두었다.

다 됐어요, 연서는 감긴 붕대 끝에 하얀 테이프를 붙였다. 붕대에는 피가 스며들어 금세 붉게 물들었다.

매해 겨울마다 학원에서는 연주회를 준비했다. 매번 크리스마스가 돌아오는 주에 연주회를 열었다. 그러나 올해는 연말에 원장의 가족이 프랑스로 여행을 가기로 해서 한 달을 앞당긴 11월로 일정을 조정했다.

학원은 대부분 초등학생들이 다녔고, 지난주엔 뽑아 놓은 악보를 아이들 실력에 맞추어 하나씩 나눠 주었다. 아이들은 지난 일주일간 처음 보는 악보에 전념했다.

이건 플랫이 붙었으니까 검은 건반을 쳐야겠지? 연습실을 채우는 불협화음이 유쾌하게 들렸다. 아이들은 마치 높이가 다른 계단을 오르는 것만 같았다. 가끔 예상하지 못한 크기에 부딪히고 넘어지는 소리가 학원 안에 가득했다.

얼마 전 워크숍에 다녀온 원장이 연습실을 둘러

보기 전까지는, 연서는 모든 과정에 만족했다.

“곡이 너무 별로다. 연서 씨, 곡 좀 다시 뽑아 봐.”

네? 연서는 일주일 만에 학원에 나와 연습실을 한 바퀴 둘러보고 온 원장이 하는 말에 놀라 되물었다.

“곡이 너무 쉽잖아. 명색에 발표횐데 좀, 수준 높여서. 알지?”

연서와 원장 사이를 메우는 수많은 소리 중에서 가장 기이하게 들리는 건 원장의 목소리였다.

연서는 50장이 넘는 악보를 출력했다. 지난번 오선지에 그려진 음표보다 빼곡한 종이를 내려다보았다. 열기가 남아 있는 용지를 움켜쥘 아이들을 생각하니, 어쩐지 한쪽이 미워졌다.

최 선생님과 연서는 알록달록한 바이엘 교재 앞에 붙어 있는 예전 악보 위에 새 악보를 풀칠해 붙였다. 최 선생님은 어지러운 악보를 보다가 한숨을 쉬었다. 선생님 고생했는데, 바꾸라니 이게 무슨 일이래요. 연서는 그러게요, 멀리 앉아 있는 원장이 들을까 나지막이 대답하며 풀을 쥔 손을 움직였다.

연서는 문을 열고 들이오는 아이늘의 이름을 하나씩 부르며 교재를 나누어 주었다. 어떤 아이는 교재

앞에 붙은 악보를 보며 흥얼거렸고, 어떤 아이는 손으로 피아노 치는 시늉을 하다가 책에 고개를 파묻었다.

"이렇게 눌러야지?"

연서는 제 손의 반도 안 되어 보이는 규연의 손가락을 옮겨 주었다. 규연은 손가락을 쭉 벌려 동시에 건반을 누르려고 했지만, 두 개가 쌓인 악보 속 음표와 달리 하나의 음만 연습실 안을 울렸다. 울상이 된 규연의 머리를 쓰다듬으며 괜찮아, 라고 해 주었지만 한 달도 안 남은 기간이 떠오르는 건 어쩔 수 없었다.

"이거 너무 어려워요."

"그치?"

"옛날 거로 하고 싶어요."

규연은 헤진 바이엘 교재를 집어 붙어 있는 악보를 떼려고 했다. 손톱으로 몇 번이고 가장자리를 긁어 보았지만, 책에 들러붙은 종이는 하얗게 거스름만 일어날 뿐 틈이 생기지 않았다. 연서는 침울한 아이의 눈동자를 바라보다가 고개를 숙여 아이 가까이 붙었다.

"선생님이 원장 선생님 몰래 예전 거 가져다줄게. 대신 이거 열 번 치면 옛날 거 한 번, 어때?"

연서의 말에 규연의 어깨가 솟아나 반듯해지더니

진지한 눈동자로 보면대에 놓인 책을 쳐다봤다. 열 번 칠래요! 규연은 아까보다 빨라진 속도로 건반을 누르기 시작했다. 천천히 해야지, 연서의 얼굴에 미소가 떠올랐다.

"이 선생님, 문자 받았어요?"

"어떤 문자요?"

"이해나요, 공연 취소됐다고 문자 왔던데요?"

최 선생님의 말에 연서는 종일 주머니 속에 있던 휴대폰을 그제야 꺼내 봤다. 여러 개의 알람 사이로 보이는 문자를 눌렀다.

'이해나 내한 공연 취소 안내.'

연서는 한참 동안 문자를 읽어 보고 뒤로 가기 버튼을 눌렀다. 최 선생님은 한국에서 처음 공연하는 건데, 하고 중얼거렸다. 이해나는 작년, 한국인 최초로 퀸엘리자베스 콩쿠르에서 우승하며 화제가 되었다. 각종 매체에서는 그의 인터뷰를 잡기에 바빴다. TV를 틀면, 인터넷을 켜면, 그의 얼굴이 이곳저곳에 자리 잡았다. 이번 첫 내한 공연은 그의 유명세를 증명하듯 모든 일정의 객석이 만석이었다.

아쉬워하는 최 선생님과 달리 연서는 잘됐다고 생각했다. 예매할 때는 분명 이쯤이면 시간을 낼 수 있지 않을까 했지만, 하루를 몇 번으로 쪼개 써도 모자랄 판이었다. 학원이며 집이며, 신경 써야 할 것들이 너무 많았다. 오늘만 해도 자신이 창문에 자란 담쟁이를 잘라 낼 것이라고는, 최 선생님의 손가락을 치료할 것이라고는, 전혀 생각하지 못했다. 세상은 연서의 예상을 비웃는 듯 연서가 겨냥한 과녁을 조금씩 옮기는 것만 같았다.

자신이 이해나의 공연을 예매했다는 사실도 지난주 등기 배송이 온다는 우체부의 전화를 받고야 알았다. 우체부가 답답하다는 듯 몇 번이나 티켓이요, 티켓, 외쳤고, 그제야 예매한 공연이 떠올랐다.

수수료도 안 들고 잘됐네, 연서는 생각했다.

"그런데 이해나요…"

최 선생님은 못 할 말이라도 한다는 듯 망설였다. 무슨 일인데요? 연서가 우물쭈물하는 그에게 묻자, 말 대신 눈앞으로 휴대폰을 내밀었다. 연서는 갑작스럽게 밝아진 시야에 잠시 찡그렸고, 조금씩 선명해지는 글자를 읽었다.

속보. 피아니스트 이해나 사망.

원장은 오른손으로 악보 속 음표를 따라 하얀 건반을 눌렀다. 딩동딩동, 울리는 소리는 어느샌가 옆자리의 손가락이 내는 소리와 반대편으로 흘러 부조화를 이뤘다. 도돌이표 속 음계를 연주하는 듯 원장은 같은 구절만 반복해서 건반을 눌렀다.

"원장님, 괜찮으세요?"

연습실을 한 바퀴 둘러보던 연서는 원장 옆에 앉은 아이가 악보가 아니라 원장을 바라보는 모습에 이상하다고 생각하며 문을 열었다. 오른손을 올리고 같은 음절만 반복하는 원장을 발견했고, 가까이 다가가 팔을 두드렸다. 그제야 원장은 정신이 들었는지 미안하다고 하며 다시 악보로 시선을 옮겼다. 악보 속 검은 음표들이 원장 주변으로 어지럽게 흩어지는 것처럼 보였다.

연서는 처음에 별일이 다 있네, 생각했다. 뒤늦게 알게 된 원장은 휴대폰을 한참 들여다보더니, 이해나의 사망을 한마디로 정의했다.

"식물이 이해나를 죽였대."

연서는 원장이 관심을 끌어 보겠다고 꾸며 낸 말을 늘어놓는 유튜브를 본 게 분명하다고 믿었다.

"어머머, 지금 의정부가 난리라네."

예상대로 원장은 유튜브 속 가면을 쓴, 나이도 불분명한 사람의 목소리를 들으며 혀를 찼다. 연서는 지겹기만 한 소리를 여과 없이 들어야 했다. 사실인지 거짓인지도 모르는 이야기를 들으며 휴대폰 속에 빠져 있는 얼굴을 보지 않기 위해 아이들이 제출한 진도 카드에 사인하며 무시하려고 노력했다.

식물이 사람을 죽였대요, 최 선생님은 연서를 보며 소곤거렸고, 곧이어 두 사람은 눈을 마주치고 새어 나오는 웃음을 원장에게 들키지 않기 위해 입술을 꾹 닫았다. 그만큼 원장은 진지했다.

"그래도 서울은 괜찮을 거예요."

최 선생님은 원장을 달래기 위해 말했고, 연서는 고개를 끄덕였다. 식물이든, 풀이든, 뭐든 사람을 죽였대도, 서울은 괜찮을 것이라는 모종의 확신이 들었다. 그러나 그중 한 사람만이 고개를 끄덕이지 않고, 휴대폰 속 흘러나오는 목소리의 볼륨을 높였다.

"나 먼저 들어갈게. 애들 잘 보내고 내일 봐."

"조심히 가세요."

원장은 가방을 어깨에 걸치고 문고리를 돌리며 말했다. 그러다 문턱을 넘어 다시 연서 쪽을 바라봤다.

"내일 밖에 담쟁이 좀 다시 정리해 줘."

원장은 이렇게 말하고 문을 닫았다. 아이들은 하나둘씩 집으로 돌아가, 공간을 메우던 명랑한 피아노 소리도 잦아들었다. 몇 남지 않은 아이들이 연서와 최 선생님에게 진도 카드를 제출하고 가방을 등 뒤로 멨다. 안녕히 계세요! 인사를 하고 아이들은 문을 열었다. 잠시 열린 문틈 사이로 적적한 저녁을 채우는 아이들의 목소리가 들렸다.

"그런데 정말… 이상하네요."

진도 카드에 사인을 끝낸 최 선생님이 창문을 뚫어지게 쳐다보며 말했다. 연서도 최 선생님의 시선을 따라 창문으로 고개를 돌렸다. 어느덧 창밖은 어둑해져 옅게 빛을 내는 달이 평소보다 커다랗게 떠 있었다. 그런 동그란 달 사이를 선 하나가 가로질렀다. 연서는 이상함에 창문 가까이 다가가 여기저기를 살폈다.

"저희 낮에 한쪽은 다 정리했잖아요. 그런데 왜 벌

써…”

두 사람은 할 말을 찾지 못하고 창문에 다닥다닥 붙어 달빛을 가로막는 담쟁이 가지와 바람에 이리저리 움직이는 잎사귀들의 몸짓을 바라봤다.

“쌤, 내일 봐요!”

학원을 울리는 아이의 목소리가 두 사람 사이의 정적을 파고들었다. 마지막으로 남아 있던 아이가 떠나자 학원 안은 적막해졌다. 그 많던 어지러운 소리는 온데간데없이 사라져 두 사람의 침묵만 남았다.

연서는 연습실마다 들어가 피아노 건반 뚜껑을 하나씩 닫았다. 그러다 뚜껑을 집은 손이 미끄러져 쾅 소리와 함께 여러 개의 건반이 눌려 괴상한 소리를 냈다. 마치 마른하늘 속 예상치 못한 천둥이 시끄럽게 울리는 것 같았다.

오늘 아이들을 집에 데려다주는 셔틀버스의 마지막 운행은 연서의 몫이었다. 아까 기사가 급한 일이 생겼다며 연서를 찾아왔고, 연서의 오른손을 끌어 차 키를 쥐여 줬다. 승낙이든 거절이든 의사를 생각하기도 전에 기사는 허겁지겁 학원을 나섰고, 정신을 차리니 연서의 손에 차가운 금속 키만이 남아 있었다. 대체 몇 번째 예상을 빗나가야 오늘 하루가 끝이 날까, 연서는 생각했다.

바깥은 소란스러웠다. 아이들은 언제나 연서의 생각을 빗나갔다. 집에 가야 할 시간에 연습실에 들어가 숨바꼭질을 하지 않나, 봉고차 시트 아래에 숨고는 누가 없어졌다며 연서를 끌고 오지 않나. 자신 있게 적은 답안지에 보란 듯이 가위 표시를 해 놓는 것만 같았다.

와아악, 소리를 지르는 아이들이 또 무슨 일을 벌이고 있을지 잠깐 상상해 봤지만, 어차피 틀렸을 것이라는 생각이 들자 웃음이 났다.

저 먼저 가 볼게요, 연서는 최 선생님을 향해 고개를 숙이고 문을 열었다. 이른 겨울을 담은 바람이 목가에 닿아 연서는 부르르 몸을 떨었다.

바람이 불어 나무를 수놓은 잎들이 사사삭 소리를 냈다. 연서는 고개를 돌려 가로등이 늘어선 좁은 골목을 바라봤다. 아스팔트 위로 하얀 불빛이 내려앉았고 듬성듬성 서 있는 나무들이 선명했다. 가을이라고 하기도, 겨울이라고 하기도 오묘한 계절이 원래 이렇게나 초록색이었는지 알 수 없었다. 바람이 멈췄는데 여전히 잎사귀들은 몸짓을 멈추지 않았다.

어느새 밤은 고요함에 물들었다. 아이들은 무슨 일을 꾸미는지 숨소리 하나 내뱉지 않고 자신들을 찾아보라는 듯 어둠 속에 모습을 감추었다. 풀벌레도 아이들 편인지 모두 숨죽였다.

연서는 학원 현관 앞에 서서 스며드는 한기에 옷깃을 부여잡은 뒤, 한 걸음 밖으로 나갔다.

삐익, 요란한 알람이 울렸다. 연서는 걸음을 멈춘 채 주머니 속에서 울려 대는 휴대폰을 쥐어 들었고, 화면 가운데 커다랗게 떠 있는 메시지를 읽었다.

[중앙재난안전대책본부] 서울 북부 정체불명의 식물 출현으로 사망자 발생. 해당 지역 주민들은 남부 지역으로 대피하시기 바랍니다. 특히 움직이는 식물을 발견해도 만지지 않도록 주의하시기 바랍니다.

무슨 말이지, 연서는 한참 동안 메시지를 읽었다. 감염병도 자연재해도 아닌 식물과 사망자, 어울리지 않는 두 단어의 조합을 연서는 도무지 이해할 수 없어 삑삑, 거리는 소리를 듣고도 화면 속 확인 버튼을 누르지 못했다. 손이 시려 휴대폰을 주머니에 넣었지만, 소음은 여전했다. 주머니 속은 조용했다. 그러나 시끄러운 것은 바깥이었다. 연서는 소리가 들려오는 쪽으로 시선을 옮겼다.

어두운 콘크리트 바닥은 군데군데 빛이 났다. 휴대폰 액정이었고, 소리는 그곳에서 흘러나오고 있었다. 밝은 빛을 내뿜는 네모난 액정 사이로 삑삑, 아까 들었던 소리는 그치지 않은 채 계속되었고, 분명 앞서 나간 아이들의 휴대폰일 거라는 생각이 들었다.

그러나 아이들은 없었다. 떨어진 휴대폰을 쥐고 알람을 꺼야 할 주인들이 모조리 사라졌다. 연서는 아이들의 행방을 찾기 위해 고개를 돌렸다. 오른쪽으로 획 돌린 고개는 그대로 멈췄다. 옆 건물의 색깔이 이상했기 때문이다. 가로등에 비치는 부분은 분명 회색빛 시멘트여야 하는데, 초록색이었다. 온통 초록색.

이상하다, 이상하다. 연서의 머릿속엔 이상하다는 생각이 경보음처럼 울려 댔고, 이상함에서 벗어나려는 본능이 저절로 다리를 움직였다. 한 발짝 나아가다, 누군가 자신을 바라보는 시선을 느꼈다. 끈덕지게 붙어서 떨이지지 않는 시선에 천천히 고개를 돌렸다. 다듬어지지 않아 삐걱거리는 목각 인형의 관절이 돌아가

듯, 연서의 고개도 불규칙한 속도로 뒤를 향했다.

나뭇가지, 기다란 줄기, 그 위에 붙은 팔랑이는 나뭇잎 몇 개. 마치 연서가 돌아보기를 기다린 것처럼 연서의 눈앞에 식물에서 뻗어 나온 줄기가 길게 이어져 있었다. 꼭 자신에게 손을 뻗는 것만 같은 하나의 줄기에 연서는 뒷걸음질 쳤다. 한 발씩, 천천히, 뒤로 물러섰다. 이상했다. 뒤로 물러나도, 연서의 눈 가까이 자리한 식물과 전혀 거리가 멀어지지 않았다. 오히려 가까워졌다.

“이 선생님, 아직 안 갔어요?”

센서등이 환히 켜지고, 조명 아래에 최 선생님이 서 있었다. 연서는 최 선생님의 얼굴을 보고 여기 이상하다고 외치고 싶었지만, 그러면 따라온 줄기가 제 목소리를 듣고 더 빠른 속도로 다가올 것만 같았다. 연서는 그저 느린 속도로 물러났다.

최 선생님은 자신의 발밑에서부터 연서를 향해 이어진 기다란 식물을 쳐다보았다. 이게 뭐예요? 최 선생님은 식물에 손을 뻗어 톡톡 건드린 뒤 연서를 보았다. 뭐라고요? 최 선생님은 자꾸만 자신을 향해 입술을 벙긋거리는 연서에게 말했다. 안 들려요, 크게 말해

주세요.

"뒤요… 선생님, 뒤요…"

마치 무거운 돌덩이가 입을 막고 있는 것처럼 느껴졌다. 턱턱 막혀 버리고 마는 소리가 틈새를 비집고 밖을 향했을 때는 이미 늦어 버렸다. 최 선생님의 등 뒤, 창문에 붙어 있던 담쟁이들이 일제히 하나의 목표를 향했기 때문이다. 최 선생님 뒤로 식물의 줄기는 소리 없이 다가갔고, 점차 가까워졌다. 식물은 먹잇감을 발견한 포식자처럼 최 선생님을 덮치기 위해 숨죽였고, 결국 그 어깨에 닿았다.

아, 이게 뭐야… 악, 뭐야! 최 선생님은 어깨 근처의 끈적한 느낌에 떼어 내려 반대편 팔을 뻗었지만, 오히려 먹잇감을 빠르게 내줄 뿐이었다.

연서의 눈앞을 가로막던 줄기도 잠시 움직임을 멈췄다. 그런 뒤 방향을 바꿨다. 반대편 최 선생님을 향했다. 느린 속도로, 먹이를 찾았다는 듯, 올곧은 방향으로 스멀스멀 기어갔다.

커다란 비명이 남았다. 재난 문자의 소음이 가시고 남은 건 최 선생님의 절규뿐이었다. 도와줘요, 도와줘, 외치는 목소리가 연서의 시선을 붙잡았지만, 연서의 발은 땅에 붙어 버린 듯 나아가지 못했다.

몇 개의 줄기가 연서의 어깨를, 팔을, 다리를 스치며 최 선생님을 향했다. 꿈틀거리며 나아가던 식물은 최 선생님에게 닿자마자 에워싸기 시작했다. 몇몇 가지는 최 선생님의 옷가지 속으로 기어들어 피부에 다닥다닥 달라붙었다. 하얗게 질려 있던 피부는 점차 초록색 잎으로 덮여 가고 꺽꺽, 무언가 소리를 내려고 벙긋대던 입술도 금세 가려졌다. 연서는 제 소리가 새어 나갈까 봐 두 손으로 입을 틀어막았다.

없어졌다. 최 선생님의 모습을 찾을 수 없었다. 목소리도, 형체도, 모든 것이 가려졌다. 불빛 아래 최 선생님은 실에 감긴 누에고치처럼 초록색 잎에 휘감겨 둥그런 모양이 되어 버렸다. 빼곡하게 둘러싼 줄기들 사이로 삐져나온 허연 손가락만이 그 안의 존재를 알게 했다. 곧이어 식물은 움직임을 멈췄다. 연서는 자리에 툭 주저앉았다.

멀리서 들려오는 누군가의 비명, 아이들의 울음소리, 혼란이 뒤섞여 울부짖는 소리가 들려왔고 점차 잠잠해졌다. 밤은 그야말로 고요했다.

센서등이 꺼졌다. 최 선생님이 있던 자리는 아무

런 일도 일어나지 않았다는 듯 어두운 밤에 가려졌다. 연서는 고개를 떨구었다. 방금 본 장면이 현실인가 꿈인가, 잘 분간이 가지 않았다. 말도 안 되는 일이지, 너무 바빠서 잠시 정신이 나간 게 분명해, 그러니까 헛것을 본 거야, 연서는 눈을 질끈 감고 자신이 보았던 장면과 멀어지기 위해 중얼거렸다. 감은 눈 사이로 작은 불빛이 기어들어 왔다.

연서는 밝은 빛에 실눈을 떴고, 센서등이 다시 켜졌다는 사실을 알았다. 센서등 아래에는 식물에 가려진 채 사라져 버린 최 선생님 외에 사람은 없었다. 왜 켜진 거지, 금방 이유를 알 수 있었다.

불빛 아래는 식물이 우글거렸다. 기다란 가지들 위에 달라붙은 초록 잎들이 센서등 아래 벽에 다닥다닥 달라붙어 있었다. 느린 속도로 꿈틀꿈틀 움직이며 서로 엉겨 붙었다가 떨어지고… 제각각 가야 할 길을 잃고 헤매는 것처럼 보였다. 그중 길게 삐져나온 가지들은 허공을 휘저어 무언가를 찾는 것만 같았다.

연서는 그 모습을 바라보며 멍하니 앉아 있었다. 기이한 광경에 절로 입이 벌어진 채, 머릿속 사고 흐름이 어딘가 뚝 끊긴 듯했다. 그저 생명체의 움직임을 따라 눈동자를 옮겼다. 문득 가지의 손짓이 다른 먹잇감을 찾는 것 같다는 생각이 들었다. 다른 희생자를, 두 번째 최 선생님을, 그리고 그것이 곧 자신이라는 생각에 미치자 연서는 후들거리는 다리를 일으켜야 했다.

집으로 가자, 연서는 불빛 반대편으로 서둘러 몸을 돌렸다.

주차된 봉고차 주위에 떨어져 있던 휴대폰들은 어느새 숨을 죽이고 내뿜던 빛을 잃었다. 걸음마다 휴대폰들이 발에 치였다. 신발 앞코에 치여 멀리 움직인 휴대폰 하나가 어딘가에 부딪혀 속도를 멈추었다. 신발 밑창이었다. 사라진 줄 알았던 아이들은 신발 밑창만 드러낸 채 모조리 초록색으로 뒤덮여 있었다.

연서는 턱턱 막히는 숨을 애써 고르며 고개를 돌리지 않았다. 잎에 가려진 것들을 보지 않기 위해 오로지 앞으로 걸었다.

"오, 이거 움직인다."

연서는 등 뒤의 목소리를 애써 모른 척하려고 했다. 당장이라도 침대에 누워 오늘 본 것에서 벗어나야 한다는 생각뿐이었다. 피곤이 온몸에 내려앉았다. 몸을 다시 돌릴 기운조차 남지 않았다고 생각했는데, 자신도 모르게 고개가 목소리를 향해 돌아갔고, 만지면 안 돼, 식물에 손을 뻗는 모습에 외쳤다.

"네?"

"만지면 안 돼. 빨리 집으로 돌아가."

2층 영어학원에서 내려온 아이는 교복을 입은 모습이었고, 연서의 말에 식물 가까이 뻗어 있던 손이 무안했는지 스르륵 하고 겉옷 주머니에 넣었다. 그런 뒤 작게 뛰어 옆으로 다가왔다.

"왜 만지면 안 돼요?"

저게 사람을 죽여, 사람이 죽었어, 어떻게 말해야 이해시킬 수 있을지 알 수 없어서 그저 입을 다물었다. 왜지? 조용한 연서에 아이는 동그란 눈으로 이유를 다시 물었다. 그 눈을 보고 있자니 딸이 떠올랐다. 발길이 닿는 곳마다 질문이 쏟아졌다. 하루에도 수십 번 왜, 라는 물음을 받아야 했고, 가끔 난감한 질문을 받거나 대답해 줄 기운이 없을 때면 엄마가 내일 알려 줄게, 하며 회피했다. 꼭 지금 그러고 싶은 기분이었다. 내일 알려 준다고, 지금은 안 된다고.

"근데 집에 가려면 이쪽으로 가야 하거든요…"

아이는 손가락으로 골목을 가리켰다. 골목 바닥은 이미 식물들이 기어 다니는 상태였다. 일단 우리 집으로 가자, 연서는 아이의 손을 붙잡고 반대편 골목으로 이끌었다. 집으로 가야 한다, 머릿속은 하나의 생각만 남았다.

집으로 가는 길은 아직 바닥까지 식물이 점령한 상태가 아니었다. 벽에 달라붙은 식물들은 조금씩 어딘가를 향해 나아갔다. 연서는 평소처럼 걸었고, 식물의 속도가 자신이 걷는 속도보다는 느리다는 걸 알게 됐다. 이대로만 걸어가면 됐다.

"안 돼요!"

아이의 손을 붙잡고 있던 연서는 그 목소리에 놀라 얼굴을 바라봤다. 아이는 어딘가를 뚫어지게 쳐다보며 손을 휘휘 저었다.

"만지면 안 된다고요!"

한 남자가 꿈틀거리는 식물 가까이 휘청이며 다가가고 있었다. 식물도 그의 휘청거리는 몸짓을 향해 조금씩 팔을 뻗어 가고 있었다. 아이는 당연하다는 듯 연서가 잡은 손에 힘을 주어 앞으로 달려 나갔다. 연서의 두 다리도 의지를 잃고 나아갔다.

아이는 남자의 어깨를 부여잡았다. 그 모습을 보던 연서도 남자의 옷가지를 붙잡고 식물 가까이 다가가지 못하도록 떼어 내려고 안간힘을 썼다. 아이씨 귀찮게, 남자의 말에서 알코올 냄새가 풍겼다. 연서와 아이가 걸리적거린다는 듯 손으로 턱턱 쳐냈고 그 바람에 두 사람은 아까 남자처럼 휘청였다. 휘젓는 손에 연서는 팔랑이는 옷가지를 놓아 버렸고, 아이는 계속 붙잡고 있다가 남자의 손짓에 넘어지고 말았다.

아아, 아이는 아픈 신음을 내뱉었고 무릎에는 피가 흘렀다. 우리 그냥 빨리 가서 약 바르자, 연서의 말에 아이는 그렇지만… 말을 흐리며 인사불성의 남자를 여전히 걱정했다.

식물은 어느덧 남자 가까이로 다가왔다. 닿을 듯 말 듯 가지 끝은 남자의 등 뒤를 겨냥했다. 안 돼, 말을 내뱉던 아이는 두 눈을 꾹 감았고 연서는 그런 아이의 눈 위로 손을 덮었다.

식물이 남자에게 닿았다. 그런데 남자는 멀쩡했다. 살아 있었다.

식물은 다른 먹잇감을 발견했다는 듯 계속 움직였다. 눈이 반쯤 풀린 남자를 지나 다른 목표를 향하는 것처럼 보였다. 달라진 목표는 아이와 연서가 되어 버린 듯 식물은 남자를 지나쳐 두 사람을 향했다.

"일어나, 가야 해."

연서는 아이에게 손을 내밀었다. 아이는 식물이 자신을 따라오는 것만 같은 이상한 광경에 연서의 손을 잡고 일어섰다. 두 사람은 음정이 하나도 맞지 않아 비틀거리는 노래를 부르는 남자를 뒤로하고 걸었다.

벽에 붙어 갈 길을 모르는 것 같던 식물들이 목표를 찾은 듯 움직였다. 길을 따라 걷는 두 사람 뒤를 따라왔다. 연서는 갑자기 바뀐 식물의 모습에 더 빠르게 움직였다. 몇몇 식물들은 두 사람이 걸어온 길에 줄을 선 듯 멈추어 있었고, 나머지 식물들은 두 사람을 여전히 따라왔다.

연서는 아이의 다친 무릎을 보았다. 어둠에 가려 색을 잃은 핏방울이 다리로 흘러내리고 있었다. 뚝뚝 한 방울씩 땅으로 떨어졌다.

피를 따라 오는 건가. 연서는 자신을 지나쳐 최 선생님을 향했던 식물, 남자를 지나쳐 아이를 향했던 식물을 떠올렸다. 똑같은 모습의 식물과 똑같은 패턴. 최 선생님 손가락의 붕대와 아이의 다리에서 흘러내리는 피는 같았다.

연서는 아이의 손을 더 세게 부여잡았다. 그래도 따라오는 속도는 느리니까, 자꾸만 뒤를 돌아보며 느릿한 식물들의 모습을 눈에 담았고, 발걸음을 재촉했다.

집으로 달려가는 거리는 적막했다. 나오면서 학원 벽에 걸린 시계를 확인했을 때, 8시 조금 넘어가는 시간이었다. 평소라면 퇴근하고 산책을 하는 사람들, 식당가에 모여 술을 한잔 걸치는 사람들, 어디론가 바삐 걸어가는 사람들로 북적여야 할 동네는 한산했다. 사람들의 발자취가 있어야 할 곳을, 느린 속도로 움직이는 식물들이 점령했다. 골목을 울리는 비명에 두 사람은 손을 더 꾹 잡았다.

길이 길게 늘어진 듯 좀처럼 줄어들지 않았다. 연서의 몸은 물속을 걷다가 밖으로 나온 듯 무거워졌다. 딸이 보고 싶어졌다. 이런 날이면 딸은 기가 막히게 자신의 상태를 알고 현관 앞으로 나와 끌어안았다. 연서는 집 안의 온기를 가득 머금은 딸의 품을 떠올렸다. 자그마한 몸으로 자신을 덮으려고 뻗어오는, 그 작은 아이를, 심장 소리를.

"빨리 가자."

연서는 제 손을 잡은 아이를 보며 말했다. 잡은 손에는 열은 온기가 맞닿아 있었다.

아파트 앞 화단에는 식물들이 우글거리며 기어다니고 있었다. 아직 건물을 타고 올라가지 않은 식물에 안도하며 두 사람은 아파트 안으로 들어섰다. 엘리베이터를 타고 올라가 현관 앞에 섰다. 702. 연서는 비밀번호를 누르고 밝은 빛이 쏟아져 나오는 집 안으로 들어갔다. 현관에 한 사람이 서 있었다.

"이제 오니?"

익숙한 얼굴이었다.

정규, 연서의 시어머니였다.

"말씀도 안 하시고 웬일로…"

집 안은 바깥 상황을 전혀 모르는 듯 평화로웠다. 온 공간이 된장찌개 냄새로 가득했다. 현관에 덩그러니 선 연서는 남의 집에 온 듯 눈앞의 시어머니를 보며 좀처럼 현관을 넘어서지 못했다.

"너희 사는데 내가 가끔 와 봐야지. 거기 있지 말고 빨리 와서 좀 차려 봐라. 밥은 내가 다 해 놨다."

순식간에 다른 세계로 이동한 것만 같았다. 익숙하고 지겹기만 한 현실 속으로 다시 돌아왔구나, 연서는 신발을 벗고 들어간 집 안의 공기로 자신의 자리를 인지했다. 눈이 곧 감길 것만 같은데도 텅 빈 식탁 위를 채워야 했다.

"제가 할게요! 오늘은 저 여기서 자고 가도 되죠?"

연서를 따라 신발을 벗고 들어가 두 사람 사이에 선 아이는 눈동자만 바삐 움직이다가 교복 셔츠의 소맷자락을 걷었다.

"얘는 누군데 데려왔니?"

"아… 퇴근하다 만났어요. 밖이 좀 이상해서…"

연서의 말에 시어머니는 창밖으로 시선을 옮겼다. 어둠이 내려앉아 아무것도 보이지 않는 밖을 한참 바라보며 괜찮다, 다 괜찮을 거다, 중얼거렸다. 뭐가 괜찮은지 묻고 싶었지만, 그런 대화를 할 겨를은 없었다. 해야 할 일들이 줄지어 연서를 기다렸다.

시어머니는 아이를 위아래로 살폈다. 혀를 차더니 아이의 무릎을 가리키고 화장실에 가서 씻고 오라고 했다. 그런 뒤 방으로 들어가 상처에 바를 약을 가지고 나왔다.

연서는 취사가 완료된 밥솥을 열어 뿌연 김이 뿜어져 나오는 밥을 주걱으로 휘저었다. 연서의 귓가에 헤어지자, 우리가 왜 헤어지냐, 세상과 동떨어진 말을 하는 일일 연속극 속 배우들의 목소리가 들려왔다.

뽀얀 밥알 위로 김이 모락모락 피어났다. 새하얀 것이, 집 안의 모든 것들은 바깥을 잊은 듯했다. 연서는 숟가락을 쥐고 밥을 한술 떴다. 식물도, 그로 인한 죽음도, 꼭꼭 씹었다. 아무리 씹어도 잘게 부서지지 않아 목구멍으로 넘어가지 않았다.

씹는 소리, 동그란 접시 위에 놓인 반찬이 조각나는 소리, 목구멍을 타고 내려가는 소리, 세 사람의 소리가 뒤섞였지만 말소리는 단 하나도 없었다. 입안에 고여 내려가지 않고 뾰족하게 느껴져 밥알이 아닌 것만 같았다. 아이도 밥을 한술 뜨고 연서를 흘깃 쳐다봤다. 눈동자에는 연서가 느낀 것들이 머물러 있었다.

아이는 어느새 밥 한 공기를 비워 가고 있었다. 연서는 밥알을 쳐다보던 고개를 올려 아이를 마주했다. 어둠 속에서 보았던 얼굴을 밝은 조명 아래에 와서야 인지할 수 있었다. 딸, 하윤처럼 뽀얀 얼굴에 길게 뻗은

속눈썹, 맑은 눈동자와 작은 콧망울과 입술, 모든 것에서 하윤이 보였다. 아이는 연서의 시선을 눈치챘는지 숟가락을 내려놨다.

"이름이 뭐야?"

"채단오예요."

연서의 물음에 아이는 물컵을 들어 한 모금 마신 뒤 말했다. 옆의 정규는 두 사람 대화에 관심이 없는지 된장찌개를 후루룩 마셨고, 그 소리는 이름을 가리며 울려 퍼졌다.

그릇이 달그락거리는 소리와 함께 아까와는 다른 배우들의 대사가 섞여 울렸다. 연서는 수세미를 그릇에 문질렀고, 옆에서 단오는 뽀얀 거품이 가득한 접시를 헹구었다.

"들어가서 씻고 쉬라니까."

"얻어먹기만 하는 게 좀 죄송해서요. 그리고 힘드시잖아요."

연서는 단오의 말에 무거운 눈꺼풀을 떠 보려고 노력했다. 의지와는 달리 눈은 반쯤 내려앉았고, 무게를 견디기 쉽지 않았다.

“아까는 제대로 못 물어봤는데, 식물들이 위험한 가요?”

“응. 나도 자세히는 모르겠지만…”

단오가 본 적이 없는 광경을 어떻게 설명할지 가늠이 되지 않았다. 식물에 뒤덮여 비명만 남아 버린 그 장면을, 도와 달라 외치며 자신을 향해 손을 휘젓는, 그렇지만 외면한 자신을 어떻게 말해야 할지 몰랐다.

“비명이 들렸잖아요. 그 사람들은 무사할까요? 죽지는 않았겠죠?”

아니라고 해 달라는 듯한 아이의 호소에 해야 할 말은 정해져 있었다. 자신이 본 게 진짜가 아니라고, 연서도 그렇게 말하고 싶었다. 가짜다. 서 있던 곳과 바라봤던 것, 모두 환상일 거라고 말하고 싶었지만, 모든 게 분명했다. 떠오르는 기억은 꿈처럼 흩어지지 않은 채 너무나도 선명해서 말할 수 없었다.

마지막 접시를 건네받은 단오는 거품이 전부 지워졌는데도 한참 동안 접시 위에 흐르는 물을 바라봤다.

“… 그럴 리가 없어요. 그럼 아까 우리는 죽을 수도 있었던 거예요?”

단오는 연서의 침묵이 대답이라도 된 것처럼 들었

던 비명이 곧 죽음임을 직감했다. 연서는 여전히 대답하지 않았다. 물소리가 사라지자 배우들 목소리가 들렸고, 누군가 맞아, 라고 말했다.

"저 집에 가야 해요. 엄마랑 아빠가 집에 있어요. 그 말이 사실이라면… 우리 집으로 가는 길에 식물들이 가득했는데…"

"어두우니까. 자고 일어나서 내일 같이 가자."

살아 계실 거야, 연서는 한참을 고민하다 마지막 말을 잇지 못했다. 살아 있으면 좋겠지만, 그런 보장은 없었다. 연서는 작게 피어나던 희망이 사라지는 순간, 좌절은 끝이 없이 이어진다는 것을 알았다. 단오에게 자그마한 희망을 앗아 갈 수 없었다.

"저… 휴대폰 좀 빌려주세요. 아까 넘어지면서 액정이 망가졌나 봐요."

연서는 주머니에서 휴대폰을 꺼내 단오에게 건넸다. 단오는 키패드를 몇 번 누르더니 귀에 갖다 댔다. 뚜르르, 연서에게까지 신호음이 들렸지만, 단오의 이름을 부르는 상냥한 목소리는 나타나지 않았다. 그저 뚜르르, 뚜르르, 기약 없는 건조한 기계음만이 남았다.

"어머니, 저 먼저 잘게요. 일찍 들어가 주무세요."

연서는 시어머니에게 인사를 하고 창밖을 한 번 쳐다봤다. 학원에서 보았던 식물의 모습은 보이지 않았다. 7층이라 괜찮은 건가, 연서는 생각했다.

"혹시 몰라서 그런데… 밖에는 나가지 마세요."

"무슨 소리냐. 늙은이 취급하는 것도 아니고."

연서는 이 정도면 됐다고 생각한 뒤 씻고 나온 단오에게 손짓을 했다. 연서는 단오의 손을 잡고 닫힌 방문을 열었다. 어두운 방의 불을 켜자 노란 벽지를 바른 공간이 나타났다. 꼭 봄의 한가운데로 들어온 것만 같이 벽지에선 개나리가 무럭무럭 자라나 있었다. 자그마한 침대 위에는 노란 이불이 덮여 있었다.

"여기서 자면 돼."

연서는 노란 이불보를 탁탁 쳤고, 단오는 그 위에 앉았다. 교복을 벗고 연서의 잠옷을 입은 단오는 옷이 조금 커서 손등과 발등까지 모두 가렸다. 연서는 침대에 걸터앉은 단오 앞에 쪼그려 앉아 소매를 돌돌 말아 주었다.

"누가 쓰는 방이에요?"

"우리 딸이 쓰던 방이야."

"어… 지금은 다른 데 있어요?"

"…죽었어. 옛날에."

연서는 고개를 들지 않은 채 천천히 반대편 소매를 걷었다. 단오도 적당한 말을 찾지 못했다. 위로도, 그 어떤 말도 어울리지 않을 것만 같았다. 두 사람은 그저 돌돌 말려 올라가는 옷자락만 바라봤다.

"괜찮아. 오래전 일이라. 내일 같이 나가야 하니까, 일찍 자고?"

네, 단오는 대답한 뒤 침대에 누웠다. 이불에서는 은은한 섬유 유연제 향이 흘러나왔다. 이불은 정말이지 깨끗해서 괜찮아, 라는 말이 묻어나기 힘들어 보였다.

연서는 반대편 방문을 열고 들어가 침대에 엎어졌다. 너무 많은 일이 있었다. 이불도 덮지 않고 그대로 눈을 감고 머릿속에서 하나씩 재생했다. 오래된 필름처럼 지지직거리며 좀처럼 나아가지 못하던 장면들은 어디선가 툭 끊겨 버렸다.

연서와 단오는 베란다에 서서 창밖을 바라봤다. 하늘 중앙에 떠오른 해가 창을 뚫고 거실을 가로질러야 하는데, 곧 비가 내릴 것만 같은 날씨처럼 집 안은 어둑했다. 그러나 분명 비 한 방울 내리지 않는 멀쩡한 하늘이라고 짐작한 건 조금씩 새어 나오는 햇빛 때문이었다.

"계속 움직이네요."

"이래서 나갈 수 있으려나…"

7층까지 올라온 식물은 베란다 창에 다닥다닥 붙어 계속해서 위로 올라갔다. 동글동글한 수많은 손가락은 미끄럽지도 않은지 햇빛이 들어와야 할 공간을 빼곡하게 둘러싸 막았다.

"어머니, 저 뉴스 좀 볼게요."

어제 태연했던 시어머니는 온데간데없이 사라졌다. 아침부터 거실을 빙빙 돌아다니다 베란다로 다가가 창에 붙어 기어 다니는 식물의 모습을 뚫어지게 쳐다보기도 했다. 그러다 소파에 앉아 텅 빈 TV 화면을 바라봤다. 시어머니가 집에 오는 날이면 아침부터 배우들 목소리가 거실을 휘젓곤 했는데, 전부 감춰졌다. 뭔가 잘못된 하루의 시작처럼 느껴졌다.

연서는 시어머니 옆에 앉아 리모컨을 들고 깜깜한 TV 화면을 켰다. 화면이 어두운 거실을 비추자마자 아나운서의 얼굴이 들어찼다. 어느새 단오도 연서 옆자리를 차지했다.

“속보입니다. 서울 전역에 정체불명의 식물이 자라고 있습니다. 식물은 담쟁이넝쿨 일종으로 보이며 운동성을 가지는 것으로 확인됐습니다. 사람이 이 식물에 닿으면 벗어나지 못하고 사망한다고 합니다. 현재 식물은 중부 지방에서 번식하며 점점 이동하는 것으로 확인되었고, 남부 지방은 아직 식물이 번식하지 않은 상태라고 합니다. 현재 정부에서는 식물의 확산을 막기 위해 노력하고 있습니다. 그러니 시민 여러분께서는 즉시 남부 지방으로 대피하시기 바랍니다.”

아나운서의 모습이 사라지고 나타난 영상에서는 식물에 붙잡힌 사람이 벗어나기 위해 몸부림을 쳤다. 얼굴을 가린 모자이크가 무색하게 연서는 일그러진 표정을 떠올릴 수 있었다. 뒤이어 화염방사기에서 거대한 불꽃이 도로 위로 늘어선 식물을 향해 발사됐다. 초록 잎들은 금세 생기를 잃고 검은 재가 되어 도로 색깔과 분간이 가지 않았다. 그렇게 화염방사기를 든 군인들은 천천히 앞으로 나아갔고 몰려드는 식물들은 죽음을 예견하지 못하는 듯 불꽃으로 향했다.

“…식물의 발생지는 철원의 한 식물 연구소로 추

정되며, 연구소에서는 지구온난화 대책으로 탄소 발생 완화를 위해 식물 개체를 연구한 것으로 알려졌습니다. 현재 정부는 해당 연구소의…”

연서는 끔찍한 모습에 채널을 위로 올리다가 익숙한 연구소의 모습에 당황한 나머지 TV를 꺼 버렸다. 그런 뒤 고개를 돌려 시어머니를 바라봤다. 시어머니의 눈도 연서를 향하고 있었다.

“얘야… 7층이면 괜찮을 거라고 했다.”

“그 사람이 그랬어요?”

“그래. 괜찮을 거니까. 여기로 가라고 그랬는데… 저게 다 뭐냐.”

아악, 비명이 들렸다. 베란다 바깥에서 들리는 소리였다. 밖을 내다보지 않아도 상황이 그려졌다. 시어머니는 비명에 이끌리듯 소파에서 일어나 베란다로 향했다. 시어머니는 창에 손을 대고 식물 사이로 비명의 출처를 바라보려고 했다. 비명이 들려온 곳은 꽤 가까웠다. 7층 부근이었을 것이고, 이곳이 안전하지 않다는 뜻이기도 했다. 시어머니는 비명이 멈춘 뒤에도 보이지 않는 바깥에서 눈을 떼지 않았다.

“그 사람이 하는 말, 저는 하나도 안 믿어요.”

어느덧 시어머니 옆에 선 연서가 말했다. 창을 짚은 시어머니의 손가락에 힘이 들어갔는지 끼익 소리를 내며 아래로 미끄러졌다.

"저희 잠깐 나갔다 올게요."

"어디 가니?"

"얘가 집에 가야 하는데 데려다주려고요."

단오는 연서가 준 옷으로 다시 갈아입었다. 옷장을 뒤져서 그나마 작은 옷들을 꺼내 주었고, 헐렁한 잠옷보다는 그런대로 괜찮았다. 단오는 가방을 메고 나갈 채비를 마쳤다. 연서도 현관 앞에 섰다. 그러나 시어머니는 연서의 팔목을 붙잡았다.

"애도 아닌데 네가 왜 따라가려 하니. 혼자 가 봐도 되지?"

시어머니는 연서의 팔목을 세게 쥐며 단오와 눈을 마주쳤다. 단오는 연서와 정규를 몇 번 번갈아 보다가 네, 하고 대답했다.

"저 혼자 가 볼게요."

현관문이 열렸다가 철컥, 소리와 함께 닫혔다. 순식간에 단오가 사라졌다. 연서는 그제야 스르륵 풀린 자신의 팔목을 내려다보았다. 조명에 선명하던 옷가지는 꺼진 센서등에 색을 잃어버렸다.

정규는 소파로 다시 돌아갔고 홀로 켜진 TV 속에서는 연신 속보라는 자막과 함께 끔찍한 광경들이 재현됐다.

아파트를 점령한 식물을 목격한 이후로 시어머니는 연서에게 집착했다. 화장실이라도 가려고 일어서면 어디 가는지 신경질적인 목소리로 물었다. 화장실 좀 갈게요. 연서의 말에 시어머니는 나 버리면 안 된다. 남쪽으로 너 혼자 가 버리면 안 된다. 그런 말들을 했다. 평생 그런 적 없던 시어머니가 자신의 손을 붙잡는 것이 조금 꺼림칙했다. 그래도 거기까지는 괜찮았다.

"혼자 살려고 하면 안 돼. 응? 나도 있고, 나가서 고생하는 사람도 생각해야지."

허, 연서는 헛웃음을 내뱉었다. 연서는 일어서 자신의 손을 쥐고 있는 시어머니의 손을 뿌리쳤다.

"어머니, 저는요. 지금 그 사람 생각하고 싶지 않아요. 일이 더 좋다고 집에도 잘 안 들어오는 사람을 제가 왜 걱정해야 돼요. 있잖아요, 그 사람 1년에 몇 번 집에 오는 줄 아세요? 손으로 꼽을 수도 있어요. 그 사람이 죽든 말든, 저는 상관하고 싶지 않다고요."

연서의 말에 시어머니는 어안이 벙벙한 표정이었다. 무언가 말을 하려고 해도, 네가, 무슨, 뚝뚝 끊긴 단어만 흘러나왔다.

쿵쿵쿵, 문을 두드리는 소리가 났다. 저 단오인데요. 문 좀 열어 주실 수 있나요, 들리는 소리에 연서는 단번에 달려가 잠긴 문을 열었다. 단오는 멋쩍은 얼굴로 쭈뼛거리며 현관을 넘어왔다.

"혼자 가기가 조금 무서워요… 식물들이 많이 기어 다녀서요. 피해서 가기가 힘들 것 같아요."

"잘 왔어. 다행이다, 아무 일 없어서."

"나간 지 얼마 안 돼서 조금 민망해요."

연서는 슬며시 미소를 짓고 손을 잡아 거실로 이끌었다. 시어머니는 그 모습을 보고 허망한 표정을 짓다가 방으로 들어갔다.

연서는 남쪽을 떠올렸다. 그곳은 아직 따뜻할까, 생각이 들기도 했지만, 어떻게 가야 할지 생각하면 막막했다. 단오 말대로 바깥에 기어 다니는 식물들이 많다면, 나가는 것은 어려웠다. 나간다 해도 불길에 뚫린

도로를 찾아가야 한다는 사실이 버거웠다. 닿으면 죽는다는데, 어떻게 닿지 않고 나가라는 말인가, 연서는 식탁에 엎드려 머리를 싸맸다.

"이곳까지 군인들이 올까요?"

연서는 단오의 물음에 다시 고개를 들어 창밖을 바라봤다. 여전히 붙어 있는 식물들은 움직임을 멈추지 않았다. 언제까지 올라갈 셈이냐고, 언제쯤 멈출 거냐고, 살아 있는 것들을 향해 물어보고 싶었지만, 의미 없는 행위라는 것을 잘 알았다.

"올 거야. 와야지."

단오 앞에서는 왠지 낙관적인 말만 해야 할 것 같았다. 속은 그게 아닌데. 뉴스에서 본 식물의 재가 자기 속에 들어와 시꺼멓게 변해 가는 것만 같았다. 그래도 후후 불어 재가 날아가 단오에게 닿지 않도록 그저 모아 두기로 했다.

주방에 남아 있는 식량을 조사했다. 단오가 개수를 세면 연서는 노트에 받아적었다.

"음식이 다 떨어지기 전에 나갈 수 있어야 할 텐데요."

연서는 노트에 ‘2L 생수 × 12’라고 적었다. 세 사람이 고립된 지 며칠 지나지 않았지만, 식량이 사라지는 속도를 생각 못 하고 있었다. 밖으로 나가지 못하면 집 안에서 최대한 생존할 방법을 궁리해야 했다. 남쪽으로 갈 방법을 찾기까지, 구조대가 세 사람을 발견하기까지 살아 있어야 했다.

연서는 집 안의 식량을 모조리 살폈다. 먹을 수 있는 것은 모두 조사했다. 금세 썩어 버릴 것들을 먼저 먹고, 나머지 것들은 나중으로 미뤄야 한다. 그마저도 떨어진다면. 그땐, 어떻게 해야 할까.

연서는 빼곡히 글씨가 적힌 노트에서 눈을 떼고 베란다 창문을 바라봤다. 바깥으로 갈 수 있다면, 이런 걱정은 하지 않아도 됐다.

옥상까지 올라갔을 식물은 여전히 창을 온통 가리고 있었다. 연서는 일어서 베란다 가까이에 다가갔다. 꿈틀, 움직임을 기다렸다. 이상했다. 혹여나 식물이 틈을 비집고 들어올까 잠가 둔 잠금쇠를 돌렸고, 창을 옆으로 밀었다.

“지금 뭐 하시는…”

단오가 달려와 연서의 행동을 가로막기도 전에 베

란다로 이미 차가운 공기가 밀려들었다.

"움직이지 않아. 왜지?"

연서는 방충망을 조금 열어 손을 뻗었다. 위험해요, 단오는 연서의 팔을 붙잡고 막으려 했지만, 연서의 손은 이미 식물에 닿은 뒤였다.

드드득, 진득하게 손바닥을 펼친 채 붙어 있던 식물이 떨어지는 소리가 났다. 연서는 손에 닿는 식물을 모조리 뜯어내서 머나먼 7층 아래로 떨어트렸다. 그런 뒤 방충망을 끝까지 열고 바깥으로 고개를 빼서 떨어진 식물이 있는 곳을 바라봤다.

까만색이었다.

"밖으로 나갈 수 있어."

연서의 말에 단오도 베란다 밖으로 고개를 빼서 아래를 보았다. 꿈틀거리며 움직이던 식물들은 모조리 멈춘 채였다. 움직임을 기다렸지만, 아무것도 살아 있지 않았다.

이미 군대가 한차례 지나간 듯 아파트 아래 화단은 까맣게 물들어 있었다. 올라온 식물은 뿌리를 잃었고 생명을 다했다. 연서가 떨어트린 줄기가 까만 화단 위에 유일한 초록색이었다.

"지금 나가요. 남쪽으로 떠나야 해요."

단오의 말에 연서는 고개를 끄덕였다. 누가 뭐라고 할 틈도 없이 두 사람은 가방을 가져와 주방에 있던 식량들을 채워 넣었다. 통조림 몇 개와 작은 생수들, 남쪽까지 가다가 혹시 모를 상황에 대비한 작은 칼과 의료 도구. 꾹꾹 눌러 담고 가방을 닫았다.

연서는 방문을 열고 침대에 누워 있는 시어머니를 흔들어 깨웠다.

"어머니, 저희 밖으로 나가요. 남쪽으로 내려가요."

"아이고, 얘가 무슨 소리를 하는 거야."

잠에서 깬 정규는 눈을 끔뻑이며 나갈 채비를 한 연서를 보며 말했다.

"밖에 군대가 지나갔는지 식물들이 다 죽어 있어요. 지금이라면 나갈 수 있어요. 남쪽으로 피신할 수 있다고요!"

연서는 흥분해서 몸을 일으킨 시어머니의 어깨를 부여잡았다. 그러나 시어머니의 표정은 연서가 말을 이어 갈수록 점차 그늘이 졌다. 어두운 빛이 드리운 얼굴은 무언가 할 말을 찾는듯하다가 이내 연서의 눈과 마주쳤다.

"…철원."

네? 시어머니의 말에 연서는 되물었다. 순간 잘못 들은 줄 알았고, 시어머니가 잘못 말을 내뱉었길 바랐다. 남쪽으로 가야 한다고 핏대를 세워 말하던 순간이 두 글자에 무참히 부서질 것만 같았다.

"…남쪽 가기 전에 거기 먼저 들르는 게 어떠니?"

"어머니… 무슨 말씀을 하시는 거예요. 저는요, 거기 안 가요. 제가 왜… 말도 안 되는 소리예요. 남쪽으로 지금 당장 가야 한다고요…"

"안 된다. 그럼… 나는 못 간다."

연서는 뒷걸음질을 쳤다. 원망이 담긴 듯한 시어머니의 눈을 피해 방문을 열고 거실로 나왔다. 시어머니의 우선순위는 죽음이 가까워진 지금도 생존이 아니었다. 멀리 떨어진 사람, 그 한 사람을 구하는 것, 그것뿐이었다. 진절머리가 났다.

멀뚱히 현관 앞에 서 있는 단오를 보고 손을 내저었다. 그런 뒤 가방을 소파 위에 벗어 두었다.

"안 가신대요?"

"다 틀렸어."

답답해 죽겠네, 차가운 물을 한 잔 마시기 위해 주

방으로 가서 냉장고 문을 열었다. 서늘한 공기가 피부에 닿아야 하는데, 연서의 끓어오르는 이마에 전염된 듯 미적지근한 페트병이 남아 있었다.

연서는 몇 번이고 냉장고 문을 열었다가 닫았다. 그런 뒤 다시 거실로 걸어가 리모컨의 빨간 버튼을 꾹 눌렀다. 여전히 검은 화면을 보고 연서는 다시 한숨을 내쉬었다.

전기가 끊겼다.

단오는 신발장에 보관한 양초를 꺼냈다. 식탁 가운데 초를 붙였다. 가스버너 위에서 보글보글 끓던 냄비가 식탁 위로 올라왔다. 세 사람은 퍼석한 밥 위로 냄비 안 고기를 하나씩 가져갔다. 이리저리 흔들리는 불꽃에 세 사람 얼굴 아래 그림자도 흔들려 댔다. 연서는 한 입을 크게 먹었다. 음식은 예상보다 맛있었다. 아마 이 음식이 아니었다면 고기는 냉장고에서 썩어 갔을 것이다. 그런대로 괜찮구나, 최악은 아니구나, 생각하는 자신을 발견했다. 그러자 초라함만이 남았다.

몇 번 깜빡거리다가 거실 조명이 켜졌다. TV에서 뉴스가 켜지고, 아나운서는 정부에서 전기를 복구하기 위해 노력 중이라고 말했다. 다시 꺼지고, 다시 켜지고, 그럴 거라고. 세 사람은 다시 꺼질 환한 거실에서 밥을 먹었다. 초는 여전히 그들을 밝히고 있었다.

단오는 소파에 앉은 연서 옆으로 와서 액자 하나를 꺼내 들었다. 이게 어디 있던 거지, 연서는 생각했다.

"책장 위에 있더라고요."

단오는 연서의 생각을 읽은 듯 대답했다. 연서는 액자를 받아 들었다. 책장 위에서 잊힌 시간을 말하듯 유리에는 뽀얗게 먼지가 쌓여 있었다. 먼지 뒤로 희미하게 보이는 모습은 가려져도 분명히 알아볼 수 있었다. 지금보다 어린 자신과 딸 하윤이었으니까.

연서는 손가락으로 먼지를 지웠다. 가려졌던 얼굴이 나타나고, 희미했던 기억들이 떠올랐다.

"혹시 이연서 피아니스트 맞으세요?"

연서는 생각지도 못한 물음에 잠시 사진 속 자신처럼 시간이 멈춘 듯했다. 피아니스트라, 그 단어는 단오가 입은 헐렁이는 잠옷처럼 자신과는 동떨어진 것같이 느껴졌다.

"맞죠? 와, 진짜 신기해요. 저 엄청 팬인데."

답변을 듣지도 못했는데 신이 난 듯 단오는 연서

의 손을 잡고 방방 뛰었다. 연신 우와, 하는 소리를 멈추지 않은 채 질문을 이어 갔다. 연서는 당황해 남은 손을 저으며 나는 피아니스트가 아니야, 말했지만 단오에겐 들리지 않는 듯했다.

"…나를 어떻게 알았어?"

"이 사진 6년 전에 한 공연 맞죠? 저 이때 엄마랑 같이 독주회 갔어요. 쇼팽의 〈겨울바람〉을 이렇게 치는 사람이 있다고? 생각하면서 맨날 영상 찾아봤어요."

조금 잠잠해진 틈을 타 연서는 물었고, 그 질문에 다시 단오는 흥분한 채로 말했다. 연서는 자신마저 기억나지 않는 순간을 기억해 내는 단오에 놀랐고, 조금 민망했다. 지금은 전혀 다른 삶을 살고 있는데, 그렇게 환대받을 만한 사람이 아닌데, 손에 쥔 액자를 뒤집어 얼굴이 보이지 않도록 감췄다.

"그런데 공연은 더 안 하세요? 계속 보고 싶어서 찾아봤는데, 소식이 없더라고요."

"…피아노 그만뒀어."

감탄사가 채우던 공간이 잠잠해졌다. 단오는 자신의 질문이 잘못되었는지 곰곰이 되돌아봤다. 그러나 잘못된 건 없었고, 이유를 물어봐도 되는지가 궁금했지만, 안 하는 게 낫겠다고 판단했다.

연서는 언제나 자신이 감춰 두었던 흉터를 드러내는 말을 하는 것이 두려웠다. 꽁꽁 감춰 둬야 하는 것처럼, 과거를 묻어 둬야 언젠가 잊힐 것이고, 잊어야 나아갈 수 있다고 믿었다. 그래서인지 묻어 둔 과거는 오히려 잊히지 않았고, 가끔 불쑥불쑥 튀어나와 돌부리처럼 자신이 나아가는 앞길에 등장해 꼭 넘어트렸다. 그럴 때마다 딸은 흉터라고, 돌부리라고, 감춰야 한다고 믿었다.

단오의 물음은 흉터를 드러내고, 돌부리를 만들고, 딸을 바라보게 했다. 그런데 이상한 쾌감이 들었다. 같은 곳이 여러 번 다쳐 피가 흐르는데, 소독약을 꾹꾹 눌러 발라 따갑지만 괜찮아질 것만 같은 기분. 이상한 기분에 단오를 향해 괜찮아, 하고 웃으며 말했다.

“피아노 연주하는 거 다시 듣고 싶어요.”

“나중에. 다 괜찮아지면 해 줄게.”

연서는 손가락을 움직여 봤다. 체르니 40번까지만 멜로디를 따라가면 됐다. 그 정도가 학원에서 가장 어려운 악보였으니까. 〈겨울바람〉은 기억도 나지 않았다. 어지러운 음표들을 다시 연주할 수 있을까, 생각하면 자신이 없었다. 그렇지만 해 보고 싶다는, 작게 움트는 마음이 남아 있었다.

어쨌든 밖으로 나가야 한다는 게 대화의 결론이었다. 시어머니는 여러 번 고개를 젓다가 연서가 보여준 남은 식량들을 보고는 어쩔 수 없이 알겠다고 했다. 대신 시어머니는 집에 남고, 연서와 단오가 아파트를 돌며 식량을 구해 보기로 했다.

전기는 자꾸 들어왔다가 나갔다가, 하루에도 몇 번씩 정전을 경험해야 했다. 연서는 초를 몇 개 챙겼다. 초를 주고 식량을 얻는 거야. 연서는 염치없는 사람이 되고 싶지 않아 물물교환을 해 보기로 마음먹었다.

시어머니는 현관 앞에서 두 사람의 뒷모습을 바라봤다. 연서는 왠지 뒤를 돌아볼 수 없었다. 마치 죄인이 된 마냥, 다시 돌아올 텐데도 꼭 시어머니를 버리고 나가는 매정한 며느리가 된 것처럼 느껴졌다. 그 눈빛이 그랬으니까.

다녀올게요, 말한 뒤 문을 열었다. 꼭 다녀와야 한다. 아무런 내답이 없었지만, 시어머니의 마음이 그런 말을 한 것만 같아 단오가 빠져나온 뒤를 보지도 않고 문을 닫아 버렸다.

"근데 아파트가 되게 조용하네요."

단오의 말대로 아파트는 고요했다. 702호 옆의 701호 문을 두드려 보았지만 아무런 대답을 들을 수 없었다. 두 사람은 계단을 내려가기로 했다. 6층, 5층… 계속해서 내려갔고, 계속해서 두드렸다. 거기 아무도 없어요? 두 사람의 외침에도 돌아오는 대답은 오로지 메아리처럼 울리는 두 사람의 목소리뿐이었다.

"아무도 없나 봐요."

"다들 남쪽으로 간 게 분명해."

1층에 다다라서 두 사람은 아파트에 있던 사람들이 모두 서울을 떠났다고 확신했다. 연서는 103호의 문을 두드렸고, 여전히 대답이 없었다. 당연한 반응에 그냥 문을 당겼는데, 문이 열렸다.

주인이 사라진 남의 집에 들어간다는 게 죄를 짓는 것처럼 느껴졌다. 이건 분명 범죄지만, 특별한 상황이니까. 마음속으로 똑같은 말을 되풀이했다. 현관에 들어서 비슷한 구조를 보자, 그냥 자신의 집이라고 생각하자며 최면을 걸듯 다시 같은 말을 반복했다.

"여기 먹을 거 있어요!"

먼저 들어간 단오는 신발을 벗지 않고 익숙한 집인 것처럼 곧장 주방으로 걸어갔다. 단오의 말에 연서도 잠시 고민하다 신발을 신은 채 목소리가 들리는 쪽으로 향했다.

집에는 먹을 만한 것들이 많았다. 여러 종류의 통조림을 가방에 담았다. 냉장고는 부패가 진행된 음식 때문에 퀴퀴한 냄새가 진동했지만, 그중에도 음료와 물을 건질 수 있었다.

"이 집 사람들은 살아 있을까?"

연서의 혼잣말은 조용한 공간 탓에 커다랗게 울렸다. 마치 메아리가 된 듯 주방을 지나 거실에 부딪혀 다시 주방으로 돌아왔다.

"저희는 그냥 고마워만 해요."

주방에서 요리하던 사람들, 식탁에 앉아 접시 위 소박한 요리를 맛보는 사람들, 소파에서 늘어지게 주말을 축내던 사람들. 모두 단오의 말로 재가 되어 사라졌다. 연서는 그렇지, 중얼거렸다.

단오는 챙길 것이 더 없는지 방을 둘러봤다. 책장에 문제집이 여러 권 꽂혀 있는 방으로 들어갔다. 청포도 향으로 채워진 방은 유행했던 봉제 인형이 침대 위에 가득했다. 침대 옆에는 피아노가 있었다. 단오는 손가락으로 건반 하나를 꾹 눌렀다.

아, 짧은 비명이 방 밖으로 흘러갔다. 소리에 놀란 연서가 방으로 황급히 뛰어왔다. 무슨 일이야, 연서의 물음에 단오는 한 손으로 머리를 긁적이며 말했다.

"이거요. 전자 피아노라 소리가 안 나네요."

연서는 한숨을 쉬고 고개를 저었다. 단오는 손가락으로 꾹꾹 건반을 누르며 소리가 나지 않는다는 것을 보여 주었다.

"무슨 일 있는 줄 알고 놀랐잖아."

연서의 말에 단오는 슬쩍 미소를 지었다. 61키밖에 되지 않는 전자 피아노를 보고 연서는 건반을 누르고 싶은 충동을 누를 수 없었다. 가까이 다가가 건반을 눌렀다. 턱턱, 음계가 없이 그저 눌리는 소리만 남았다.

"피아니스트는 왜 그만두신 거예요?"

단오는 어제 못다 한 질문을 던졌다. 건반을 누르는 연서가 지금이라면 대답을 해 줄 것만 같았다.

"아… 사실 내가 그만둔 건 아니야."

"그럼 다시 볼 수 있는 거예요?"

"글쎄… 일이 들어오지 않았어. 결혼하고 아이 낳

고 키우느라 바빠서 일이 줄긴 했는데… 많지는 않았어도 괜찮았어. 그런데 딸이 죽고 나서 들어오는 일을 다 거절했더니, 나중에 다시 하려고 보니까 아무도 날 찾아 주지 않더라고. 강제로 그만두게 된 거지, 뭐."

"…저는 꼭 다시 보고 싶어요."

연서는 그 말에 소리가 나지 않는 건반을 몇 번 더 눌렀고, 그럴 수 있으면 좋겠다고 생각했다.

"강아지를 키웠나 봐요."

단오는 거실로 나가 구석을 가리키며 말했다. 소파 옆 작은 구석에 몸을 숨긴, 하얀 털을 길게 늘어트린 강아지가 있었다. 연서는 단오가 가리키는 곳으로 가 손을 얹어 보았다. 숨을 쉬지 않는지 미동이 없고 불어오는 바람 온도와 비슷했다. 바람이 불었다.

"밥을 챙겨 줄 사람이 없어서 죽었겠죠?"

"…아니야. 그런 게 아니야."

연서는 자리에서 일어나 열린 베란다로 들어갔다. 바람이 왜 불고 있지, 머리칼을 흩날리는 바람을 따라 움직였다. 두 사람의 발소리가 커다랗게 울렸다. 연서는 베란다 끝에 서서 창문을 보았다. 열려 있었다.

"나가야 해."

연서는 단오의 옷깃을 잡고 뒷걸음질 쳤다. 타오르는 불길을 피해 창문 틈으로 기어들어 온 식물들이 꿈틀거렸다. 어어, 단오는 손가락으로 가리키며 말을 잇지 못했고 두 사람을 발견한 식물들은 베란다의 타일을 타고 줄기를 뻗기 시작했다. 오랜만에 먹잇감을 만난 듯, 목표가 된 두 사람을 향해 다가왔다. 두 사람은 초록색으로 변해 가는 베란다를 지나 기어 오는 식물을 피해 103호를 나섰다.

연서는 계단을 오르기 전에 밖을 한 번 쳐다봤다. 불길이 휩쓸고 간 자리에는 여전히 죽은 식물들의 잔해가 남아 있었다. 지금이라면 나갈 수 있을 것만 같았다. 나가면 꼭 남쪽으로 뛰어나가 벗어날 수 있을 것 같았다.

다녀온다는 말이 연서를 붙잡았다. 목적지를 입력해 둔 내비게이션처럼 연서의 발길은 7층을 향했다.

"엄마? 엄마! 맞지?"

뚜르르, 지금까지 같은 소리만 내던 스피커에서 목소리가 들려왔다. 단오는 두 손으로 휴대폰을 부여잡고 외쳤다.

엄마 어디 있어? 아빠도 같이 살아 있는 거지? 보호소? 거기로 갈까? 나는 지금 안전한 곳에 있어. 걱정 안 해도 돼. 엄마, 엄마?

연서는 옆에서 흘러나오는 음성을 같이 들었다. 통화는 이어지지 않고 툭 끊겨 버렸다. 단오는 다시 키패드를 눌러 전화를 걸었지만, 아까와 달리 뚜… 뚜… 거리는 소리만 흘러나왔다. 자꾸만 깜빡이는 조명처럼 통신 상태도 비슷해져 갔다.

"보호소가 있대요. 학교라고 했어요."

"남쪽으로 못 간 사람들이 모여 있는 건가?"

"그런가 봐요. 그런데 나오지 말래요. 밖으로 나가는 건 위험하다고. 거기는 안전한가 봐요."

보호소가 된 학교를 떠올려 보았다. 아무리 생각해도 안전한 공간이 있다는 게 잘 상상이 가지 않았다. 자신이 있는 집은 안전한가? 먹을 게 남아 있을 때까지는 안전한 것인가? 연서는 대답을 알고 있었다. 식물이 집 안으로 들어오기 시작했기 때문이다.

연서는 다들 잠든 고요한 밤에 소리를 지를 뻔했다. 손바닥으로 입을 틀어막아 스스로 진정시켜야 했다. 보면 안 되는 것을 봤다, 그렇게 생각했다. 식탁 위의 손전등으로 개수대를 비추었다.

꿈틀, 움직였다.

하수구를 타고 올라왔는지 식물이 자라나고 있었다. 무언가 생각할 겨를도 없이 그 위에 도마를 올리고 테이프를 뜯었다. 식물이 나오지 못하도록 테이프를 둘러 틈을 막기 시작했다. 드르륵, 드르륵, 시끄러운 테이프 소리가 거실을 울렸고, 단오도, 시어머니도 졸린 눈을 비비며 거실로 나왔다.

세 사람은 아무런 말도 하지 않고 드르륵, 테이프를 뜯었다.

연서는 그날 밤 이후로 틈을 관찰하는 데에 몰두했다. 환풍구며, 개수대며, 창문 사이며, 무언가 비집고 들어올 만한 틈을 쳐다봤다. 막을까요? 단오가 옆에 다가와 말하면, 고개를 끄덕였다.

두 사람은 테이프로, 수건으로 틈을 막았지만, 어딘가에서 바람이 솔솔 불어오는 틈이 남아 있는 것만 같았다.

"이 정도면 3일쯤은 걱정 안 해도 되겠어요."

달그락 소리를 내며 부딪히는 통조림 캔이 가지런히 식탁 위에 쌓였다. 연서는 하나씩 개수를 세며 셋이서 하루 동안 먹을 양을 계산했다. 이것들이 다 사라질 즈음 다시 사람이 없어진 공간을 헤매야 한다는 사실이 막막했다.

남쪽으로 가면, 보호소로 가면 이런 고민이 사라질까, 지워지지 않는 생각들이 남았다.

“통조림밖에 없니? 이제는 물려서 못 먹겠다.”

“다른 건 다 썩어서 못 먹어요.”

맞은편에 앉은 시어머니는 몇 개를 들었다가 놓더니 푸념했다. 연서도 매번 같은 햄이나 참치, 고등어 같은 것들만 먹어야 한다는 게 지겨웠다. 그러나 자신마저 지겹다고 말해 버리면 시어머니가 해내지 못할 임무를 더할 것만 같았다. 그저 달래는 수밖에 없었다.

쿵쿵쿵, 문을 두드리는 소리가 났다. 연서는 잠깐만요, 두 사람이 이리저리 만지는 통조림 소리를 저지했다. 다시 쿵쿵쿵, 아까보다 선명해진 소리가 들렸다. 분명 바깥에서 나는 소리였다. 구조대인가? 연서는 잊고 있던 희망이 불붙는 기분이었다. 재빨리 현관으로 달려갔다.

"누구세요?"

"…"

"구조대예요?"

"…좀 도와주세요."

연서는 눈썹을 찡그리며 뒤를 돌았다. 어느새 따라온 두 사람의 눈은 의문으로 가득 차 있었다. 열까요, 말까요, 연서는 말을 내뱉지 않았지만 두 사람은 연서의 목소리를 알아들었다. 일제히 고개를 저었다.

"사람들은 다 남쪽으로 갔잖아요. 멀쩡히 돌아다니는 사람이 있을 리가요."

단오는 나지막한 목소리로 말했다.

"배가 고파서 그래요… 제발 한 번만 도와주세요."

연서는 문고리를 잡은 손을 어쩌지 못했다. 머릿속에서는 안 된다, 안 된다를 반복하며 식탁 위에 놓인 남은 식량을 떠올렸다. 그러나 문틈 사이로 새어 들어오는 안쓰러운 목소리에 문손잡이를 차마 놓을 수가 없었다.

"그냥 열어 줘라."

"네?"

"불쌍하지 않니."

남자는 숟가락을 들고 옥수수 통조림을 크게 한 술 퍼서 먹었다. 흰머리가 군데군데 자랐고, 눈이 좋지 않은지 두꺼운 안경을 끼고 있었다. 정규는 이것도 좀 먹어 봐요, 참치캔을 하나 까서 남자가 앉은 식탁 위로 밀었다.

정규는 정기적으로 봉사를 다녔다. 매달 무료 급식 배식 봉사에 참여했다. 노숙인, 독거노인을 보면 참 불쌍하지 않냐고, 도와줘야 한다고 버릇처럼 말했다. 봉사를 다녀온 날은 기운이 빠져 종일 침대에 누워 아무것도 못 했다. 그렇게까지 해서라도 도와야 한다고, 나만 잘 사는 게 무슨 의미냐고 했다.

연서는 소파에 앉아 그 모습을 지켜봤다. 불쌍하다, 그 말을 몇 번이고 곱씹었다. 하마터면 시어머니에게 큰소리를 낼 뻔했다. 나는 안 불쌍하냐고. 어떻게 구해 온 건데 그렇게 쉽게 주냐고. 언제나 뒷수습은 자신의 몫이었던, 이런 관계에 넌덜머리가 났다.

게다가 연서의 눈에 저 남자는 하나도 불쌍해 보이지 않았다. 덜덜 떨리던 목소리와 달리 옷은 지나치게 깔끔했다. 식물들을 피해 이곳까지 왔다는 사실이 믿기지 않았다. 심지어 배고프다는 말과는 다르게 몇 번 숟가락을 뜨더니 시어머니가 준 참치캔은 사양했다. 의심스러운 것이 가득했지만, 시어머니는 마음에 드는 모양이었다. 자신의 책임이 늘어났다는 사실이 괴로웠다.

단오는 다시 난처해졌다. 가운데에 끼여서 무슨 말을 해야 할지 생각했다. 시어머니는 남자를 딸 방에 재우자고 했다. 연서는 순간 말문이 막혔다가 싫어요, 라는 말이 튀어나왔다.

"불쌍한 사람인데 좀 편한 데 재우면 덧나니?"

"싫어요. 그냥 싫다고요."

연서는 아예 문 앞에서 서서 남자가 방 안으로 발을 디딜까, 남자의 눈을 노려보았다. 남자는 저 그냥 거실에서 자면 됩니다, 하며 뒤로 물러났다. 시어머니는 정 없는 것, 중얼거리며 방으로 들어가 이불을 꺼내 왔다. 거실 한가운데 하얀 솜이불을 깔아 놓으며 남자를 향해 손짓했다.

연서는 딸의 방으로 들어갔다. 문 좀 닫아 줄래. 단오에게 말한 뒤 침대에 걸터앉았다.

"이럴 때 나는 어떻게 해야 할까. 하나도 모르겠어.

정말 모르겠어."

연서는 지끈거리는 머리를 부여잡았다. 시어머니는 고작 몇 시간 얼굴을 본 남자에게 더 다정한 것 같았다. 얼마나 노력을 해야, 그의 마음에 조금이나마 공간을 비집고 들어갈지 알 수 없었다. 자신이 왜 이런 노력을 해야 하는지도. 이제는 모든 게 버겁다고 느껴졌다.

축축한 공기가 내려앉았다. 연서의 어깨 위로 차곡차곡 쌓인 무게들이 물기를 더해 더 무겁게 내려앉았다. 차가운 방과 노란 이불, 연서는 이불 끝을 부여잡았다. 노란색은 따뜻할 것만 같았는데 손에 닿는 건 차가운 천이었다.

차가워서, 금방이라도 얼어 버릴 것만 같아서 온기를 찾아야 했다. 연서는 몸을 기울였다. 옆에서 불어오는 온기를 따라 기우뚱하고 몸을 기울이자 온기가 젖어 왔다.

단오는 어깨가 맞닿자 조금 굳은 채 앉아 있다가 손을 올려 톡톡 두드렸다. 톡톡 자그마한 소리가 노란 방 안에 퍼져 나갔다.

연서는 귀를 간지럽히는 소리에 잠에서 깼다. 덮고 있던 노란 이불을 걷고 침대에서 내려갔다. 앞으로 걸어가려다 보드라운 감촉이 발을 붙잡았다. 아래에는 담요를 걷어차고 배를 드러낸 채 색색 숨소리를 내쉬는 단오가 있었다. 연서는 자기도 모르게 침대를 차지하고 잠이 들었다는 걸 깨달았다. 단오가 깰까 조심히 발을 옮겨 단오의 몸 위에 이불을 덮어 주었다.

벽시계를 보니 새벽 1시가 넘었다. 창 너머에서 비추는 달빛을 따라 거실로 나오니 귓가를 울리던 소리가 더 커졌다. 뭐지, 귀를 기울이니 소리는 시어머니 방에서 흘러나왔다. 거실에서 자는 남자에게 발소리가 들리지 않도록 조심스럽게 방 가까이 다가갔다. 닫힌 문틈 사이로 작은 불빛이 새어 나왔다. 거실을 비추는 달빛보다 더 밝은 느낌이었다. 그 사이로 귀를 댔다. 시어머니의 목소리가 들렸다.

…무섭다. 너한테 가야 하는데… 지금 도와줄 사람이 왔으니까 조금만 기다려. 응? 많이 배고프지? 먹을 거 챙겨서 갈 테니까 조금만 참고…

처음엔 시어머니가 미친 게 아닐까, 생각했다. 그러나 대화를 들을수록 시어머니 건너편에서 말하는 상대가 누구인지 희미한 조각들이 채워졌다. 마지막 조각이 맞춰지고 하나의 형체가 보였다.

연서는 쾅, 소리가 나도록 문을 열었다. 침대에 반쯤 누워 통화하는 시어머니에게 다가가 휴대폰을 낚아챘다.

"당신이야?"

"…하윤 엄마?"

목소리는 익숙했다. 연서의 남편, 현우였다.

"당신 왜 어머니랑 전화하고 있어?"

연서의 목소리 반대편에서는 한참이나 대답이 없었다. 통화가 끊어진 게 아닌지 휴대폰 액정을 바라봤지만 둘 사이의 공백이 길어지는 만큼 숫자는 커지고 있었다. 연서는 액정을 아래로 내리고 시어머니의 얼굴을 바라봤다. 시어머니는 아무 말도 하지 않고 이 상황이 지나가길 기다리는 사람 같았다. 그러다 스피커를 통해 흘러나오는 말에 연서는 헛웃음을 지었다.

"…하윤 엄마, 살아 있었어?"

입을 꾹 닫고 있는 시어머니에 무어라 추궁하려다가 스피커로 나오는 목소리에 연서는 일단 귀를 갖다 댔다.

“하윤 엄마, 몸은 괜찮은 거지? 엄마가 죽었다고 그래서 나는 그렇게 알고 있었는데.”

연서는 머리가 지끈거렸다. 엄마 말이라면 전부 믿어 버리는 남편에 순간 아득해졌다. 또한, 시어머니도 이해할 수 없었다. 자신이 죽었다고 말한 이유를 도무지 헤아릴 수 없었다.

“왜… 왜 그런 거짓말을 한 거예요?”

“네가 현우랑 먼저 연락하면 날 버리고 떠날까 봐 그랬다. 그리고 너희 사이도 안 좋은데 이런 연락 받으면 현우도 버리고 혼자 남쪽으로 갈지 어떻게 아니.”

연서는 두 눈을 질끈 감았다. 이 방에 들어온 이후로 온통 이해 불가능한 것들만 귓가에 들렸다. 고개를 몇 차례 젓고 수화기를 다시 귀에 갖다 댔다.

“당신이 있는 연구소에서 시작됐다고 그랬어. 정말 맞아?”

“…어쩔 수 없었어. 우리도 좋은 뜻에서 한 거야. 지구온난화 막자고 그런 건데 이렇게 될 줄 누가 알았겠어. 난 나쁜 일 한 게 아니라고.”

“그렇게 말하면 당신 잘못이 사라져?”

"내 잘못이라니! 그리고 하윤 엄마, 이거 바로 잡을 수 있어. 식물들을 죽일 성분을 개발했어. 이것만 있으면 다 끝낼 수 있어. 식물들 다 죽여서 원래대로 돌아갈 수 있다고. 그러니까 하윤 엄마… 부탁인데 제발 여기 와서 나 좀 구해 줘… 사람들은 진작에 다 도망갔고, 밖에 식물이 붙어 있는지 이젠 문도 안 열려… 제발 좀 와 줘…"

"그래, 얘야. 먹을 것도 없어서 지금 밥도 제대로 못 먹고 있단다. 불쌍하지도 않니? 아내가 돼서, 데리러 가야지. 안 그러니?"

옆에서 듣고 있던 시어머니는 연서의 손에서 휴대폰을 빼앗으며 말했다. 연서는 지금 자신만 다른 세계에 존재하는 것처럼 느껴졌다. 다른 곳에 존재하는 건 분명 남편인데. 당장이라도 남편과 자리를 바꿀 수 있다면 그러고 싶었다. 배가 고프더라도, 식물에 뒤덮여 사라진대도.

"식물들을 지금 다 처치하지 않으면 더 고통스러워질 거야. 저것들은 곧 변종을 만들 거야. 그때는 내가 만든 것도 듣지 않을 거라고… 그럼 결국엔 당신도, 엄마도 다 죽을 거야! 그래, 이건 다 죽어야 끝나. 전부

다 죽으면 당신 탓이라고!”

시어머니의 손에 들린 휴대폰에서 현우의 외침이 흘러나왔다. 연서는 다시 두 눈을 질끈 감았다. 눈을 감으면 남에게 자신이 보이지 않는다고 생각했던 딸이 떠올랐다. 그렇게 사라질 수 있을까, 연서는 눈을 꾹 감았다. 그러나 시어머니의 숨소리가 가까이 닿았다.

“당신은 항상 그런 식이야. 예전에도, 지금도, 변한 것 없이 그 모양이야. 왜 항상 나를 탓하는 거야? 하윤이가 죽었을 때도, 지금 세상이 이렇게 된 것도, 내 잘못은 없는데 왜 나한테 탓을 돌리는 거야? 당신 잘못이잖아. 왜, 대체 왜! 인정을 안 하는 거냐고!”

“…내 잘못 아니야. 하윤 엄마, 내 잘못 아니라고.”

연서는 확신했다. 자신이 서 있는 곳은 분명한 다른 세계였다. 터져 나갈 듯한 목소리가 그곳까지는 닿지 않을 거란, 들으려고 하지 않을 거란 확신이 들었다. 시어머니는 그래, 네가 애를 좀 잘 챙겼어야지. 다 지난 일을 꺼내고 그러니, 말했다.

어느새 휴대폰 속에서 나오던 목소리는 사라지고 없었다.

냉장고에서 꺼낸 물을 컵에 부었다. 기능을 잃은 냉장고에 물을 왜 넣는지 모르겠으나, 모두 약속인 듯 물이 담긴 페트병을 냉장고에서 꺼냈고, 다시 넣었다. 연서는 컵에 담긴 물을 한 모금 마셨다. 미지근했다.

코를 고는 소리는 거실에 울려 퍼졌다. 남자는 세상 모른 채 밤에 취해 있었다. 어느새 깬 단오는 옆자리에 앉았다. 시끄러웠니? 묻는 연서에 단오는 끄덕였다. 연서는 다시 입에 물을 머금었지만, 터질 것만 같았던 제 가슴속 온도는 좀처럼 식혀지지 않았다.

"딸이 죽었는데, 잘못한 사람이 나래."

짙은 밤은 거실까지 파고들었다. 어두웠고, 잘 보이지 않았다. 서로의 모습을 알아보기 힘들었다. 인기척으로 옆에 있다는 정도를 알았다. 자신이 눈을 뜨고 있는지 감고 있는지도 불분명했다. 모든 게 어두웠고 벽시계가 째깍거리는 소리만 시간의 흐름을 알게 했다.

"남편이 딸이랑 나갔다가 사고가 났는데 어떻게 나야. 어떻게 내가 잘못한 거야…"

연서는 눈을 감고 있는 듯했다. 눈앞의 까만 풍경은 그날을 떠올리게 했다. 그날 울린 전화벨과 딸의 모습. 다 거짓말 같았다. 남편의 어깨를 붙잡아 몇 번이고 흔들었다. 대체 무슨 일이 있었냐고 물었다. 아니야, 아니야, 현우는 덜덜 떨며 같은 말만 되풀이했다. 현우도, 연서도 눈앞이 뿌옇게 흐려져 희미한 서로를 바라봤다.

통화하는 중이었다고 했다. 업무 연락에 정신이 없던 현우는 손을 놓은 딸을 신경 쓸 겨를이 없었다. 그의 귀엔 오로지 연구소의 업무 관련 이야기만 들렸다. 요란한 경적과 딸의 비명소리, 그 모든 소리는 배경음에 불과했다. 전화를 끊고 비어 버린 손을 발견했을 때는 현우보다 행인들이 먼저 딸의 죽음을 발견했다.

연서는 모든 사실이 허망했다. 남편의 실수도, 딸의 죽음도, 그리고 모두 자기 탓이라고 하는 사람들이 있다는 것도. 믿기 힘들 정도로 엉망이었다. 엉망이 되는 속도는 손쓸 도리가 없을 정도로 빨랐다. 가장 가까운 남편도, 시어머니도 연서를 향해 네 잘못이야, 라고 말했으니까. 연서는 아니라고 했지만, 그러면서도 내 잘못인가? 의심하기도 했다. 그날 내가 남편에게 딸을 데리고 오라고 한 게 원인인가, 알 수 없는 질문과 대답에 끊임없이 의심하는 것은 자신이었다.

"잘못이 아니에요."

연서의 손등에 작은 손이 포개졌다. 차가운 자신의 손을 타고 번져 오는 온기는 점차 연서를 물들였다.

"잘못한 게 없는데 왜 스스로 잘못한 사람이 되려고 하는 거예요. 하윤이도 엄마가 그러는 거 싫어할 거예요, 분명히."

하윤, 두 글자에 연서는 자신이 눈을 뜨고 있다는 사실을 알았다. 눈앞이 축축하게 젖어 갔다. 단오가 어떻게 아이의 이름을 알았는지 궁금했지만, 목이 따가워져 물어볼 수 없었다.

연서는 묻고 싶은 순간이 있었다. 남편도, 시어머니도, 모두가 자신의 잘못이라고 했다. 연서는 죽은 딸을 끌어안고 살아 달라는 말보다, 너도 내 탓이라고 생각하냐고 묻고 싶은 충동을 느꼈다. 한 번만 딸의 목소리를 다시 듣는다면, 그 질문을 하고 정해진 대답을 듣고 싶었다. 너무 많은 시간이 흐른 지금에야 그 대답을 들은 것만 같았다.

남자는 식탁 귀퉁이에 앉아 고등어 통조림을 까먹었다. 온 거실에 고등어 비린내가 진동했다. 숟가락을 통조림 속으로 푹 찔러 넣었고 삭은 뼈가 으스러진 고등어를 크게 퍼서 먹었다. 연서는 온통 비린 맛으로 가득할 남자의 입안이 불쾌했지만, 남자는 말을 멈추지 않았다.

“그러니까 저희 밖으로 나가야 해요.”

남자는 쩝쩝 소리를 냈고, 그럴 때마다 입 사이로 고등어의 빛깔이 비쳤다. 연서는 포장지에 든 과자를 몇 개 먹다가 손을 놓아 버렸다.

남자는 집에 온 날부터 같은 말을 반복했다. 밖으로 나가야 한다고. 자꾸만 밖으로 가자는 말에 연서는 이상한 느낌을 지울 수 없었지만 나가야 한다는 데엔 이견이 없었다.

“바깥은 어때요?”

연서의 물음에 남자는 눈을 굴리며 생각했다. 음, 고민하며 단어를 찾는 듯했다.

“지옥. 그래, 바깥은 지옥이에요.”

무엇이 웃긴지 흐흐, 웃으며 말했고 그러다 다시 연서와 눈을 마주쳤다. 그런데요. 생각해 보니까, 바깥이 지옥인 게 아니라 사람이 지옥이에요. 진짜 끔찍해요. 남자는 말을 이었고, 연서는 남자가 제정신은 아닌 것 같다고 생각했다.

"철원 연구소로 가는 거 어때요? 저것들을 다 죽이는 게 거기 있대요. 나중엔 변종도 생긴다는데. 빨리 가서 저걸 다 죽여야…"

정규는 손가락으로 바깥을 가리키며 말했다. 남자는 우물거리며 잠시 고민하나 싶더니, 좋아요. 거기로 갑시다, 말하며 통조림 속으로 다시 숟가락을 집어넣었다.

"같이 갑시다."

남자는 남은 고등어를 퍼먹다가 마주친 연서의 눈을 바라보며 말했다. 연서는 고민이었다. 사람들은 모두 식물을 피해 남쪽으로 내려갔는데, 식물의 발생지인 철원을 향해 간다는 건 자살행위나 마찬가지라는 생각이 들었다.

"어떻게 하실 거예요?"

"글쎄…"

단오의 물음에 연서는 고개를 저었다. 확신이 서지 않았다. 어느새 한 캔을 모두 비운 남자가 일어서며 의자에 걸린 가방을 들었다. 그런 뒤 식탁에 쌓아 둔 식량들을 담기 시작했다.

"뭐 하는 거예요?"

"갈 준비요. 나갈 준비."

남자의 표정은 당연한 일을 한다는 듯 보였다. 저렇게 뻔뻔한 사람이 있나, 연서는 생각했다. 옆에 있던 시어머니도 일어나 가방을 하나 더 챙겼다. 남자의 가방에 들어가지 않는 것들은 시어머니가 가져온 가방에 나누어 담았다.

갑시다, 그래요, 연서는 중얼거리며 일어났다. 차마 시어머니를 낯선 이와 보낼 수는 없었다. 철원까지 먼 거리를, 바깥의 움직이는 식물들을 피해서 나이 든 사람 둘이 무사히 도착할 것 같지 않았다. 자신이라도 같이 가서 도와야 했다. 그건 연서에게 당연한 일이었다. 연서가 일어나자 단오도 일어났다. 그렇게 네 사람의 목적지는 정해졌다.

"이건 뭐예요?"

"현우 가져다줄 거 따로 챙겼다."

연서는 소파 옆에 못 보던 가방을 하나 들며 물었고, 시어머니는 당연하다는 듯 대답했다. 안에는 검은 비닐봉지가 있었고, 뭔가 잔뜩 들어 있는지 한 손으로 들기엔 묵직했다. 연서는 리본 모양으로 묶인 끈을 풀어 보았다. 안에는 빨간 사과가 가득했다.

사과가 어디로 갔는지, 어렵게 구해 온 식량의 행방이 묘연했는데 이제야 알게 되었다. 연서는 놀랍지도 않아 헛웃음이 나오는 정도에 그쳤다. 사과는 남편이 가장 좋아하는 과일이었으니까. 그래야지, 이래야 어머니답지, 생각하며 끈을 다시 묶었다.

"서운하시죠?"

자신을 보며 쪼그려 앉아 물어보는 단오에게 연서는 뭐? 하고 되물었다.

"지금 서운하다고 느낀 거 아니에요?"

"내가? 그럴 리가."

연서는 손을 저었지만 휘적거리는 손이 왠지 자신을 가리기보다는, 가려졌던 무언가를 지워 내는 기분이었다. 애써 모른 척하고, 가리려고 했던 것들이 드러나는 것만 같아 고개를 숙이고 애꿎은 봉지만 만져 바스락거리는 소리는 멈추지 않았다.

단오는 미소를 지은 뒤 소파에 앉았고, 연서는 드러난 자신을 잠시 마주했다. 서운하다는 게 이런 것인가. 엄마, 서운해. 한마디가 떠올랐다. 아마 자신이 만화 채널을 돌려 뉴스를 보았을 때였다. 연서는 딸을 붙잡고 서운하다는 말을 알아? 언제 그런 말을 배웠을까, 말하며 볼을 쓰다듬었다. 서운한데 칭찬을 받는 이상한 감정을 느낀 딸을 마주한 기억이었다. 연서는 그때 딸의 기분이 된 것만 같았다. 처음 안 감정과 이상한 감정, 모든 게 엉켜서 희한한 기분이었다.

"어머니, 저…"

"무슨 일이니?"

"…어머니는 남편만 생각하시는 것 같아요. 저도 노력했는데, 왜 저는…"

연서는 횡설수설 말을 이었다. 연서의 말에 시어머니는 방으로 들어가더니 봉지 하나를 들고 왔다. 봉지 위에는 글자가 적혀 있었다.

'딸기맛 사탕'

정규는 봉지를 건넨 뒤 돌아섰고, 바스락거리는 소리만 연서의 손아귀에 남았다. 한참이고 봉지를 만지작거렸다. 딸이 가장 좋아했던 사탕이었다. 밥은 안 먹고 사탕을 먹겠다던 투정이 떠올랐다. 진땀이 났던 순간들이었다. 사탕을 입에 문 딸의 얼굴이 스쳐 지나갔고, 연서는 슬쩍 웃었다.

"철원이라고 했죠? 거기까지 가려면 차가 있어야 하는데…"

밤이 되면 밖으로 나가기로 했고, 남자는 차를 찾았다. 그러다 연서는 겉옷 주머니에 넣어 둔 차 키가 떠올랐다.

"제가 일하는 학원에 차가 있어요. 여기서 멀지 않아요."

"그럼 일단 거기로 간 다음에 운전해서 갑시다."

남자는 손을 내밀었다. 연서는 알아듣지 못해 그저 남자의 손바닥을 쳐다봤다. 차 키요, 남자는 말했다. 연서는 남자의 손바닥이 불쾌했다. 저 손바닥 위에 무언가를 올려 주어야 한다는 게 이해가 되지 않았다. 그러기엔 남자는 너무 많은 것을 가져갔다. 없어진 통조림과 물, 그리고 거실의 공간들. 그 정도면 자신이 내준 것은 넘쳤다.

"저 운전할 줄 알아요."

남자는 연서의 말에 손바닥을 접었다. 그리고 픽 웃으며 접은 손을 턱으로 갖다 대어 괴었다. 운전을 해봤자 얼마나 한다고, 결국 차 키는 자신에게 올 것이다, 어떤 의미인지 알 수 없었지만, 연서는 모두 다 불쾌했다.

단오는 짐을 정리했다. 밖으로 나간다는 사실이 불안한지 몇 번이나 되물었다. 저희 정말 나가요? 밖엔 아직 식물들이 돌아다니는데, 저걸 피해서 어떻게 가요? 연서는 그저 달래는 수밖에 없었다. 자신도 모르는 바깥 상황을 왜곡해서 전달할 수는 없었다. 그저 괜찮을 거다, 그 정도의 말을 할 뿐이었다.

"철원에 가기 전에 보호소에 들러요. 엄마랑 아빠를 데려가야 해요."

연서는 고개를 끄덕였고 단오는 남자가 쌓아 둔 가방을 풀었다. 정리가 안 되고 가방 바깥으로 삐죽 튀어나온 것들이 있어 내용물들을 모두 꺼내서 다시 차곡히 담아야 했다. 통조림, 생수, 먹을 것들이 나왔고, 단오는 계속 꺼냈다. 아래로, 더 아래로.

단오는 이상한 감촉에 가방 속에서 무언가를 들고 밖으로 꺼내지 못했다. 뭔데 그래? 연서의 물음에 단오는 결국 꺼내 들었다. 칼이었다. 그것도 여러 개였다. 끝나지 않았다. 연이어 노끈이 나왔고, 정체 모를 투박한 물건들이 나왔다. 단오는 행여 부엌까지 소리가 들릴까 봐 떨리는 손에 힘을 주며 하나씩 바닥에 내려놨다. 뒤를 돌아 연서를 바라봤다.

"이걸 다 어디에 쓰려고 하는 거지?"

연서는 들리지 않을 정도의 목소리로 중얼거리며 바닥에 널브러진 흉기들을 만졌다. 손바닥만 한 칼은 여러 번 사용했는지 날카롭지 않았다. 무언가 자르려면 몇 번이고 칼질해야 할 만큼 무뎌 보였다.

칼 양면엔 정체 모를 자국이 있었다. 묻은 게 닦이지 않은 채 굳어 버려 진득한 느낌을 주었다.

"이건 대체 뭘까요…"

단오는 가방 밑까지 손을 넣어 비닐봉지를 꺼내 들었다. 단오의 손에 들린 투명한 봉지 안에는 찰랑거리는 검붉은 액체가 들어 있었다. 단오의 손짓을 따라 찰랑거리던 액체는 금방 잔잔해졌다.

연서는 단번에 정체를 알아보았다. 언젠가 헌혈을 하러 갔을 때 보았던 것이었다. 자신의 팔뚝에서 나온 피가 모인 것. 혈액백이 왜 남자의 가방에서 나올까, 연서는 거실 안까지 이어지는 햇빛에 비추어 선명한 피를 쳐다보았다. 그러고 보니 칼에 묻은 자국이 피의 색깔과 닮아 있다는 생각이 들었다. 연서는 말도 안 되는 상상이 들었다. 칼을 쥔 남자와 피를 흘리는 누군가,

그리고 쏟아지는 피를 담는 남자의 모습이 떠올랐다. 그럴 리가 없지만, 눈앞에 펼쳐진 도구들은 영사기 속 필름처럼 연서의 머릿속에서 펼쳐지는 장면들을 담고 있었다.

연서는 온몸을 휘감는 피가 잠시 혈액백으로 들어간 기분이었다. 그러자 몸에 힘이 풀렸다. 쨍그랑, 소리가 났다. 칼의 쇠붙이가 바닥에 부딪혔다.

"당신들, 뭐 하는 거야? 누가 내 가방 만지래."

"이것들… 전부 다 뭐예요?"

단오는 벌벌 떨리는 몸을 진정시키려 팔로 자기 몸을 끌어안은 채 말했다. 남자는 달려와 단오 가까이 얼굴을 갖다 대고 뚫어지게 쳐다본 후 밖으로 나온 물건들을 가방 안으로 허겁지겁 집어넣었다.

"그렇게 넣으면 있던 게 없어져요? 우리가 본 게 대체 뭐냐고요."

연서는 축 늘어졌던 몸을 다시 일으키고 남자의 뒷모습을 향해 말했다. 남자는 중얼중얼 들리지 않을 정도로 말을 하며 뒤를 돌아 두 사람을 노려봤다.

"왜들 그러니. 다 쓸데가 있겠지, 안 그래요?"

상황을 지켜보던 정규가 달려와 남자 어깨에 손을

올리고 토닥거렸다. 귀찮게 하지 마, 남자는 손을 쳐내며 일어났다.

"바깥에 돌아다녀 봤어? 내가 말했잖아. 저기는 지옥이야. 철원으로 간다니, 너희는 제정신이 아니야. 미친 거라고. 변종이든, 저걸 없애는 거든, 나는 알 바 아니야. 남쪽으로 가야지, 어? 이건 다 남쪽으로 가려면 필요한 것들이야. 그래서 가지고 있는 것뿐이야. 왜 만져서 사람 곤란하게 하고 그래. 응? 우리 서로 좋게 밖으로 나갑시다."

남자는 물건들을 욱여넣었고 가방은 아까보다 더 울퉁불퉁해졌다.

"저는 안 갈래요…"

일어선 연서의 바짓자락 한쪽이 축 늘어났다. 단오의 작은 손이 바짓자락 끝을 쥐고 있었다.

"얘야, 아니야. 아저씨가 지금 흥분해서 그래. 우리 다 같이 철원에 갈 거다. 응? 현우 만나러 갈 거야."

정규의 말에 남자는 거실을 가득 채울 만한 크기로 웃었다. 재밌는 코미디 프로그램을 본 듯 목청이 터지도록 웃었고, 심지어 눈물까지 흘려 손가락으로 닦아 냈다.

"미친 거야, 너희들 죄다 미친 거야. 응. 분명해."

눈물을 몇 차례나 닦아 냈지만, 다시 고여 오는 눈물은 닦이지 못하고 주르륵 흘러내렸다. 웃는 사람은 단 한 명뿐이었다. 연서는 자신에게 미쳤다고 말하는 남자가 미쳤다고 생각했다. 그러다 나도 미쳐 버리고 만 게 아닐까, 자꾸만 웃는 남자를 보며 의심이 솟아났다.

남자는 주저앉아 일어나지 못하는 단오에게 달려들어 옷을 붙잡았다. 안 돼, 연서는 다급하게 남자의 손을 막으려고 했다.

"얘야, 그래도 우린 같이 나가야 해. 살아야지. 안 그래?"

"안 가요, 전 아저씨 따라서 안 갈 거예요…"

남자는 단오를 억지로 일으키려고 했다. 단오는 울먹거리는 목소리로 안 간다고, 안 간다고, 끊임없이 말했다. 그러나 그 목소리는 남자에게 닿지 않았다. 옆에서 남자를 제지하는 연서에게 닿았다.

"안 간다잖아요. 혼자 가면 되지, 왜 괴롭히는 거예요."

남자의 시선은 단오를 지나 연서를 향했다. 미쳐

있다. 연서는 두 눈을 똑바로 바라보고 남자의 상태를 정의할 수 있었다. 자신도 모르게 남자를 붙잡고 있는 손을 그제야 이성적으로 바라볼 수 있었다. 어딘가로 밀어 두었던 두려움이 스멀스멀 기어 왔다.

"당신들이 있어야 해. 나 혼자는 남쪽으로 못 간다고."

균열이 일 듯, 거실 안 네 사람 사이에 커다란 금이 생겼다. 남자는 점점 건너편으로 넘어갔다. 연서는 틈을 사이에 두고 남자만 갈라놓고 싶었다. 그러나 남자는 단오를 데려가려고 했다. 남자는 단오의 옷깃을 너무나도 단단히 붙잡고 있었다.

와아악, 커다란 소리가 단오와 연서, 그리고 남자 사이를 갈라놓았다. 연서의 시야에는 남자를 반쯤 가린 시어머니의 등이 있었다.

"철원에 간다며! 나한테 그랬잖아. 우리 아들 구해주러 가야지! 왜 거짓말했어, 응?"

"그 말을 믿었어?"

남자는 픽 웃으며 대답했다. 그렇지만 우리 같이 나가야 해, 남자는 실실거리며 말을 이었다.

"안 간다, 이놈아. 나도 안 가!"

정규는 다시 와아악 소리를 지르며 남자의 두 팔을 붙잡았다. 남자는 뭐가 그리 우스운지, 정규의 소리만큼이나 커다랗게 웃어 댔다. 한쪽은 푸하하, 한쪽은 와아악, 서로 다른 소리가 시끄럽게 울려 댔다.

어설픈 정규의 자세는 흐트러지지 않고 남자를 뒤로 밀어냈다. 남자는 애써 밀려 준다는 표정이었다. 뒤로, 더 뒤로 두 사람은 점점 뒤로 물러났다.

턱, 소리가 나고 남자와 정규는 멈췄다. 남자는 더 물러날 공간을 찾지 못했다. 남자는 허리에 걸린 곳을 손으로 잡았다. 그리고 다시 히죽거렸다. 어머니, 저랑 가요. 그냥 저랑 가요. 저랑 하윤 아빠 찾으러 가요. 연서는 악을 쓰는 시어머니에게 말했다. 그러나 이 말은 시어머니의 목소리에 묻혀 금세 사라져 버렸다.

남자가 순식간에 기우뚱하며 자세가 무너졌다. 팔이 어딘가로 빠졌는지, 휘청했다가 금방 자세를 고쳐 잡았다. 휘청, 그 모습을 본 연서는 벌어지는 틈 사이를 떠올렸다.

"안 돼요, 안 돼. 어머니 거기서 비키세요, 당장 비켜요!"

연서는 바로잡은 남자의 팔을 바라보며 외쳤다.

분명 커다랗게 외쳤다고 생각했다. 시어머니에게도 들릴 거라, 자기 말을 듣고 뒤를 돌아볼 거라 믿었다. 그러나 시어머니의 눈앞은 온통 남자뿐이었다.

연서가 막아 두었던 틈이 벌어졌다. 한참을 굶주린 식물들은 하수구 밖으로 고개를 내밀었다. 틈을 비집고 기어 올라와 남자의 팔을 휘감았다. 남자는 간질거리는 감촉에 자신의 왼팔을 바라봤다. 아, 아악! 이거 뭐야! 이게 왜 여깄어! 아악! 남자의 외침이 섞였다. 남자는 정규를 밀치고 반대편 손으로 식물을 떼어 내려고 애썼다. 그러나 식물은 남자의 오른팔도 놓치지 않았다. 남자는 두 팔이 묶였고, 점차 식물의 일부분이 되어 갔다.

넘어진 정규는 일어났다. 연서는 그런 시어머니를 향해 다시 외쳤다. 어머니, 멈춰요! 목소리가 무색하게 시어머니는 곧장 남자에게 달려들었다. 우리 아들한테 가야지, 응? 남자의 모습이 보이지 않는지, 어깨 한쪽을 부여잡고 흔들어 댔다. 연서는 힘이 풀린 몸을 가까스로 일으키고 시어머니에게 다가갔다. 어머니, 건드리면 안 돼요. 닿지 않을 말을 계속 중얼거리며 가까이, 계속 가까이 다가갔다.

연서가 시어머니를 붙잡았을 때는 이미 시어머니의 팔뚝 한쪽이 식물에 휘감긴 후였다. 시어머니는 그것도 모르고 남자를 향해 똑같은 말만 반복했다. 세 사람 모두 자신의 말만 반복했다.

연서는 떼어 내려고 했다. 시어머니의 한쪽 팔을 붙잡고 뒤로 힘껏 당겼지만, 식물은 점점 시어머니를 감싸 왔다. 이미 남자의 얼굴은 찾아볼 수 없었다.

"단오야… 도와줘."

연서의 말에 단오는 힘이 빠진 몸을 일으켜 다가왔다. 당기는 거야, 우리 같이, 당기자, 연서의 말에 단오도 팔을 붙잡고, 당겼다. 두 사람은 덜렁거리는 팔을 당기고, 또 당겼다.

거실에 두 사람이 힘을 주는 소리밖에 남지 않았다는 사실을 알아챌 때까지 당겼다.

굶주린 식물들은 천천히 거실을 침범했다. 노란빛이 물든 자리가 점차 초록색으로 번졌다. 얇은 가지는 자신이 태초의 주인인 것처럼 허락도 받지 않고 구역을 넓혀 갔다.

단오는 처음 본 광경에 놀랐다. 뉴스에서 본 장면

들이 눈앞에 재현된 걸 보자 숨이 턱 막혀 왔다. 방금 전까지 자신 앞에서 이야기하던 사람들은 식물에 둘러싸여 말을 잃었다. 그러나 그 광경에 두려워할 시간이 없었다. 식물은 더 많은 먹잇감을 찾아 기어 오고 있었기 때문이다.

나가야 돼 이제, 연서는 외투를 입고 가방을 멨다. 단오는 두 손으로 얼굴을 한 번 쓸어내리고 고개를 끄덕였다.

두 사람은 뒤를 따라오는 식물과 점점 멀어졌다. 신발을 신고 문고리를 쥐었다. 차가웠다. 곧 두 사람이 맞이할 온도였다. 나가야 한다. 연서는 다시 스스로에게 말하며 잡은 손에 힘을 주었다.

불길이 지나간 곳을 따라 걸었다. 까만 재가 바람을 따라 흩날렸다. 연서는 손으로 얼굴 앞을 가로막는 재를 날렸다.

밖은 며칠 전보다 추웠다. 가을은 금방 사라졌고, 다가오는 겨울을 준비해야 하는 날이었다. 그러나 날씨를 생각하기엔 생존이 더 급했다.

두 사람이 걷는 거리 옆으로 늘어선 건물들은 전

부 초록색 페인트를 칠해 버린 듯 비슷비슷했다. 주머니에서 달그락거리는 키가 홀로 외로운 소리를 냈다. 여기가 어딜까, 연서는 학원을 찾아 헤맸지만, 고개를 돌려도 비슷한 풍경에 당장 선 곳이 어딘지도 알기 어려웠다.

"멈춰."

연서는 오른팔을 펼쳤다. 따라오던 단오는 그 소리에 멈춰 섰다. 불길이 닿지 않은 곳은 우글우글한 식물들이 기어 다녔다. 공중으로 가지를 뻗기도 해서, 그 곳에 발을 디딘다면 곧장 붙잡힐 위기였다.

연서는 이상하다고 생각했다. 스스슥, 소리를 내며 기어 다니는 식물들은 지난번 학원에서 보았던 식물보다 빨랐다. 학원에서 도망쳤을 때는 걸어서도 벗어날 수 있었는데, 눈앞의 식물들은 그 속도로는 빠져나오기 힘들 것 같았다.

"다른 데로 가요."

단오도 고개를 빼꼼 내밀어 식물들을 보더니 말했다. 연서는 다시 뒤를 돌았고 단오를 지나 앞장섰다.

잿더미 위도 안전한 건 아니었다. 연서는 까만 길 위를 골라서 걸었지만, 무언가 소리가 들려 뒤를 돌아

보면 두 사람을 따라 줄기가 기다란 식물들이 다가오고 있었다. 연서는 등 뒤로 손을 뻗었고, 보드라운 감촉이 느껴지면 걸음의 속도를 높였다.

"여기서 쉬었다 가자."

한참을 걷다 연서는 나무판자를 대충 세워 놓은 어설픈 공간을 발견했다. 남쪽으로 가려던 누군가가 바람을 피하기 위해 만든 곳이리라 짐작했다.

"거리에 아무도 없나 봐요."

연서는 그 말에 인정해야 했다. 모조리 재가 된 지나온 길 위에는 누구의 발자국도, 자라난 식물도 없었다. 두 사람의 발자국이 유일했고, 두 사람을 따라온 식물들이 전부였다. 모두 남쪽을 향해 떠났다는 사실을 실감했다.

단오는 자꾸만 떨었다. 떨어진 기온 때문인가 싶어 연서는 겉옷을 벗어 덮어 주었지만, 단오는 그래도 떨었다.

"자꾸 생각나요."

연서는 몸을 틀어 단오를 폭 안았다. 한 품에 들어오는 작은 아이는 벌벌 떨다가 이내 삼삼해졌다. 남편에게 가야 한다, 조용히 눈을 감은 아이를 보며 그렇게 생각했다. 식물이 있는 한 우리는 계속 떨어야 하고, 잊기 위해 눈을 감아야 한다. 그러니까 없애야 한다.

판자 속을 나와 한참을 헤매다 강가에 다다랐다. 어느덧 노을이 진 하늘을 담은 물결은 오묘한 붉은빛을 띠고 있었다. 두 손을 넣어 가득히 물을 담는다면 투명하게 새어나가는 것이 아닌 반짝이는 조각들이 만져질 것만 같았다. 그러나 두 사람은 강 가까이에 다가가지도, 손을 넣어 물을 담지도 못했다. 노을빛 물 아래에는 우글거리는 초록색 식물들이 가득했다. 인간을 찾지 못한 채 물을 따라왔는지, 굶주려 정신없이 먹어 치웠다.

식물들이 강물을 따라가서인지 다리는 자유로웠다. 두 사람은 강을 가로지르는 다리 위에 섰다. 쇳내가 나는 녹슨 난간을 짚고 아래를 바라봤다. 노을빛, 자세히 보면 초록빛. 어울리지 않는 두 색깔에 어지러웠다.

날은 추웠고, 해는 금방 사라졌다. 어둑한 하늘에 옅은 달빛이 빛났다. 물은 짙어졌다.

밤이 되면 느려지는 건가, 난간에 기대어 선 연서는 아래를 바라보며 생각했다. 노을빛 아래에서 움직이던 식물들 곁을 걷다가는 금세 잡힐 것만 같았다. 그러나 지금 두 사람이 바라보는 식물들은 분명 아까와는 움직임이 달랐다. 태엽이 덜 감긴 인형처럼 조금씩, 천천히 나아가는 것 같았다.

"저기에 불빛이 있어요."

단오는 손가락으로 어둠 속 어딘가를 가리켰고, 연서는 고개를 들어 시선을 옮겼다. 불빛, 정말 불빛이 있었다. 달빛에 반사되는 것이 아닌, 인공적인 조명이었다. 멀지 않은 곳이었다. 불빛은 흔적이었다. 두 사람만 길 위를 헤매는 것이 아니라는 증거이기도 했다. 연서는 자신 속에서 꺼져 가던 불씨가 다시 형태를 갖추는 기분이었다.

길을 따라 곧게 선 가로등은 불빛을 자주 잃었다. 깜빡, 깜빡, 머리 위를 비추는 시간보다 어둠 속에 숨는 시간이 더 길었다. 깜빡, 그 짧은 순간에 의지해야 했다. 그 순간 길 위에 펼쳐진 모습을 담아야 했다. 건너편 어딘가에서 두 사람을 향해 다가오는 식물이 없는지 고개를 돌려야 했고, 나아갈 길을 찾아야 했다.

저기에 사람들이 있을 것이다. 두 사람은 확신했다. 일제히 깜빡이는 세상 속에서도 단 두 개의 빛만

온전한 형태를 띠었다. 머리 위 달과 눈앞의 조명. 그곳에 가면 지리를 잘 아는 사람이 있을 것이다. 그럼 학원에서 차를 찾은 뒤 단오의 부모를 데리고 철원으로 가면 된다. 엉킨 실타래의 끝을 발견한 기분이었다.

다시 불이 켜졌다. 눈앞에 꺼지지 않는 불빛은 아까 다리 위에서는 점에 불과했지만, 어느덧 달보다 커져 있었다.

"뒤요!"

단오는 연서 뒤에 바짝 붙어 고개를 돌리고 있었다. 등 뒤로 다가오는 식물들을 확인하기 위해서였고, 다가오는 식물을 발견하자 소리쳤다. 연서는 뒤로 손을 뻗어 단오의 손을 잡았다. 괜찮다. 저 식물의 속도는 느리다. 이대로 천천히 가면 된다. 연서는 몇 번이고 되새겼지만, 자신도 모르게 빨라진 속도로 걸음을 옮겼다. 깜빡, 불이 꺼졌다.

기나긴 어둠이 찾아왔다. 켜졌다, 꺼졌다 반복하는 틈에 눈은 어둠에 잘 적응하지 못했다. 빛의 잔상만 남아 있었다. 초록색이 보였다. 오로라 같기도, 식물의 잔해 같기도 했다.

연서는 바닥을 보았다. 잔상조차 사라져 죄다 캄

캄했다. 아무것도 보이지 않았다. 바람이 흩날려 옷깃은 펄럭였고, 감촉은 예민해져 피부에 닿는 옷에도 소름이 돋아났다. 꼭 발목을 타고 올라오는 식물처럼 느껴졌다.

손이 아팠다. 연서는 아프다 못해 저린 왼손을 품 가까이 가져왔다. 두려움을 가득 쥔 단오는 손을 꾹 잡았다. 괜찮아, 괜찮아. 연서는 똑같은 말을 되풀이하며 고개를 들었다. 보이지 않는 바닥을 살필 필요는 없었다. 하나의 불빛이 눈 가득 들어올 때까지 걷기로 했다.

빛이 이어져 강의 색깔을 확인할 수 있을 만큼 가까워질수록 팽팽히 조여 왔던 끈들이 느슨해졌다. 알루미늄 캔이 부딪히는 소리, 몇 달 전 거리마다 들렸던 유행가 소리, 멜로디를 흥얼거리는 소리, 사람이 있었다. 그것도 여러 명.

단오의 걸음이 빨라지고, 동시에 연서의 숨소리도 가빠졌다. 사람이 있다. 초록이 되어 버린 세상 속에, 물들지 않고 살아남은 사람들이 있다. 살았다, 살 수 있다. 나아가는 동안 바람이 닿는 살결에 끈적함이 씻겨 내렸다.

연서의 왼손에 점차 피가 몰려드는 느낌이 났다.

스르륵 풀려 가는 손은 두려움이 잦아들고 있다는 표시였다. 조금만 더, 환한 빛이 가까워졌다.

훅, 사라졌다. 사라지는 건 순식간이었다. 연서의 왼손은 텅 비어 버렸다. 잡고 있던 감촉도, 온기도 모조리 사라졌다. 잡혀갔다. 그런 생각이 들었다. 단오가 잡혀갔다. 빛에 현혹되어 등 뒤의 식물이 발목을 기어 올라왔다는 사실을 인지하지 못한 것이 분명했다.

숨이 턱 막혀 왔다. 순식간에 벌어진 일에 연서는 소리를 지를 수도 없었다. 멈춰서 고개를 돌렸다.

뒤를 돌았다. 세상은 캄캄했다. 연서가 보던 장면은 그곳에서 끝났다. 거대하던 불빛이 사라지고 세상이 까맣게 변했다. 입과 코를 막아 오는 불편한 감촉이 닿았다. 숨이 쉬어지지 않았다.

식물이다. 내가 뒤를 돌기도 전에 식물이 나를 감싸 왔다. 어딘가에 뿌리를 내리고 가지를 공중으로 뻗은 식물이 내 얼굴에 닿아 눈과 코와 입을 모조리 감싸 세상에서 없애 버릴 작정이다, 연서는 확신했다. 나는 곧 죽는다. 단오도 죽었고, 이제 내 차례다.

"소리 지르면 죽어. 조용히 해."

연서의 몸은 의지대로 움직이지 않았다.

식물이 아니었다. 사람이었다.

얼굴 전체를 가리던 감촉이 일부 사라졌다. 연서는 벌어지는 눈꺼풀에 두 눈을 떴다. 한참을 눌려 있던 탓인지 앞이 모자이크 처리된 사진처럼 보였다. 뿌연 시야가 돌아오도록 눈을 몇 차례 끔뻑였다. 물을 엎질러 버린 수채화처럼 색들이 섞여 알 수 없던 배경이 점차 또렷해졌다. 지나온 강가가 보였고, 옆은 목적지였다. 쫓아온 빛이 창을 통해 넘어오고 있었고, 연서는 그 아래에 주저앉아 있었다.

고개를 뒤로 돌려 단오를 확인하고 싶었다. 그러나 입을 꾹 누르고 있는 거친 장갑 때문에 고개를 돌릴 수도, 물을 수도 없었다. 몸에 붙어 있는 것들이 떨어지도록 발버둥을 쳤지만, 자신을 조여 오는 힘은 더 거세졌다.

"조용히."

머리 뒤에서 울려 오는 중저음의 목소리는 아까 서늘하게 닿아 왔던 그 소리였다. 연서는 불규칙한 숨소리를 내쉴 뿐 굳어 버린 몸을 움직일 수 없었다.

자신은 목소리에 잠식당할 것이고, 기괴한 식물이

아니라 사람 때문에 죽을 것이라 확신하던 찰나에 몸을 조이는 것들이 점차 사라졌다. 연서는 일어나 뒤를 돌았다. 발버둥을 치고 있는 단오가 보였다. 야구 모자를 쓴 사람은 단오가 움직이지 못하게 조여 대고 있었다. 이거 놓으세요. 놔요, 좀. 연서가 단오를 두르고 있는 팔을 억지로 떼어 내려 하자 그 사람은 더욱 세게 조였다.

"가만히 있어야 풀어 줘요."

뒤에서 아까와 똑같은 목소리가 들렸다. 연서는 소리가 들리는 쪽으로 고개를 돌려 노려봤다. 마스크 위로 보이는 눈매는 아래로 처져 저음의 목소리와는 전혀 어울리지 않았다.

연서는 자신을 풀어 준 상황을 떠올렸다. 힘을 풀고, 가만히, 멈춘 채 있자 조여 오던 힘이 사라졌다.

"괜찮아. 그러니까 가만히 있어 봐. 가만히."

연서는 허공을 휘젓는 단오의 손을 잡았다. 꽉, 자신이라는 것을 알도록, 괜찮아, 괜찮아, 말하며 단오가 혼란에서 벗어나길 기다렸다. 자신의 온기가 새카만 공포에서 벗어날 탈출구가 되길 바랐다.

단오는 연서의 손을 잡고 점차 안정을 찾았다. 야

구 모자는 천천히 힘을 풀었고, 단오는 거친 숨소리를 내며 바닥을 짚었다. 숱한 땀방울이 머리칼을 적셔 불어오는 바람에도 흔들리지 않고 이마에 찰싹 붙어 있었다.

"당신들, 누구예요?"

단오는 새까만 옷차림의 두 사람을 노려보며 물었다.

"멍청한 너희를 구해 준 사람?"

야구 모자를 쓴 사람이 말하자 옆에 있던 키가 더 크고 마스크를 쓴 사람이 어깨를 툭 쳤다.

"방금은 말을 험하게 해서 죄송해요. 그런데 저기 잡혀가면 정말 죽어요."

마스크를 쓴 사람은 손가락으로 뒤편을 가리켰다. 가리키는 건물에서 나온 사람들 몇이 소리를 지르며 두리번거리고 있었다. 어디 갔어, 아까 소리가 났는데, 이쪽, 저쪽을 보며 무언가를 찾고 있었다.

"당신들을 찾는 거겠죠."

남자들은 근처를 뛰어다니다가 아무런 수확 없이 매점으로 사라졌다. 멈춰 있던 노래가 다시 흘러나오고 시끌벅적한 분위기로 바뀌었다. 건물 뒤편의 표지판 뒤에 숨은 네 사람은 그제야 숨을 내쉬었다.

"잡혀가면 죽을 거라는 걸 어떻게 알죠?"

연서가 마스크를 쓴 사람을 향해 물었다.

"알고 싶으면 조금 기다려 볼래요?"

남자가 말한 지 얼마 되지 않아 멀리서 엔진 소리가 들렸다. 고글을 쓴 남자가 매점 앞에 빨간색 오토바이를 세우고 뒤에 타고 있던 사람과 같이 내렸다. 고글을 벗은 남자는 뒤에 타고 있던, 자신보다 왜소한 남자의 어깨에 팔을 두르며 매점을 가리키고 들어갔다.

"사람 잡아 온 거예요."

"그걸 어떻게 알죠?"

"아니, 딱 보면 모르겠어?"

마스크의 남자와 연서 사이를 비집고 야구 모자가 끼어들어 말했다.

"저기 봐요."

한참을 말없이 있던 단오가 손가락으로 강물을 가리켰다. 강물 위에는 어울리지 않는 것들이 둥둥 떠다녔다. 강물 속 알록달록한 색깔들이 제각각이었다.

"저거 시체예요."

마스크를 쓴 남자는 형운, 야구 모자를 쓴 남자는 선우라고 했다. 형운은 아까는 거칠게 행동해서 미안했다며 거듭 고개를 숙였다. 걸어가며 연서가 가장 많이 했던 말은 괜찮아요, 였다.

형운은 앞장을 서며 손전등으로 길을 비추었다. 깜빡거리는 가로등과 달리 꺼지지 않는 불빛이 동그랗게 주변을 밝혔고, 다가오는 식물을 알아차릴 수 있었다. 형운은 등 뒤의 사람들을 향해 손을 들어 가야 할 길을 알렸다.

형운은 하루에 한 번씩 해가 저물어 식물의 속도가 줄어들 때면 강 주변을 한 바퀴 돌았다. 식물이 나타나 질서가 사라지자 범법을 저지르는 인간들이 생겼고 그런 사람들끼리 무리를 이루어 비인간적인 행위를 시작했다. 매일 바깥을 돌아다니는 건 연서와 단오같이 상황을 모르는 사람들이 저들의 손에 들어가지 않도록 하기 위함이고, 혹시 모를 상황에 대비해 선우도 같이 움직였다.

"그런데 저들은 왜 사람을 죽이죠?"

연서의 질문에 형운은 대답했다.

"식물은 피를 얻으면 일정 시간 멈춘 채 있어요.

저들은 그걸 이용해요. 살아 있는 사람을 찾고, 죽여요. 피를 얻기 위해서요. 남쪽으로 가지 못해서 저렇게 살아남으려는 거예요."

연서는 남쪽으로 가기 위해선 당신들이 있어야 한다고 했던 남자의 말이 떠올랐다. 그 남자도 아마 저런 부류의 사람이었을 것이다. 각자의 방법으로, 생존을 도모하는 그런.

"잡혀갔으면 당신들도 강 위에 떠 있었을 거니까, 우리가 은인인 거 맞지?"

선우는 형운의 말이 끝나자 뒤를 돌아 연서와 단오를 보고 윙크를 하며 말했다. 단오는 연서에게만 들릴 정도로 재수 없어요, 라고 말했다.

"그런데 지금 어디로 가는 건가요?"

"보호소로 가요. 저희는 거기 살고 있어요."

보호소라는 말에 연서와 단오의 두 눈이 커다래졌다.

"보호소? 정말요?"

단오의 물음에 형운은 고개를 돌려 마스크를 내렸다. 그의 입꼬리가 위로 올라가더니 말했다.

"보호소엔 사람들이 많아요."

붉은 벽돌이 촘촘히 쌓인 벽을 따라 식물의 잎사귀가 빙 둘러 있었다. 붉은 벽돌은 초록색 사이로 언뜻 비쳐 자세히 보지 않으면 색을 알아차릴 수 없을 정도였다. 선우는 벽을 따라 걷던 중 얼룩덜룩한 운동화의 앞코로 벽돌을 퍽퍽 쳤다.

"이건 움직이지 않아요. 걱정 안 해도 돼요."

세 사람 뒤를 따라가던 형운이 연서의 손을 보고 말했다. 그 말에도 안심이 되지 않은 연서는 단오를 붙잡은 손을 놓지 않았다.

"여기예요."

경 중학교에 오신 을 환영 니다

길을 따라 늘어선 붉은 벽돌이 끝나고 둥글게 말린 아치형 입구가 보였다. 입구 옆에는 갈색 명패가 걸려 있었는데, 오래되었는지 군데군데 떨어져 나간 글자들이 있던 자리는 흙이 덮여 원래 글자를 알아볼 수 없었다. 경소중학교였는지, 경송중학교였는지 알 수 없었다. 연서는 비슷한 이름의 중학교가 학원 근처에 있었다는 사실을 떠올렸다.

입구를 막은 철문을 선우가 열었다. 철문을 넘어 학교로 들어서자 초록색 잔디가 시야에 가득 들어왔다. 연서와 단오는 눈앞에 펼쳐진 광경을 보고 멈칫한 채 그 이상 걸어 나가지 못했다. 저거 가짠데, 선우는 뒤에서 들려오던 발소리가 사라지자 이유를 알았다는 듯 중얼거리며 인조 잔디 속으로 걸어 나갔다. 금방이라도 바깥의 낯익은 식물들이 모습을 드러낼 것만 같은 운동장에 두 사람은 의심이 담긴 눈을 거두지 못하며 천천히 안으로 들어섰다.

운동장에는 사람이 많았다. 어서 오세요, 안녕하세요, 잘 오셨어요… 연서와 단오는 순식간에 사람들로 둘러싸였다. 원형 운동장을 따라 주르륵 설치된 천막 아래에 있던 사람들은 이런 일이 자주 있었다는 듯이 자연스럽게 두 사람을 반겼다. 처음 보는 얼굴임에도 스스럼없이 대했고, 그런 환대가 어색한 것은 두 사람뿐이었다.

"배고프시겠다. 먼저 밥부터 드세요."

정장을 차려입은 중년 남성이 사람들을 헤치고 연서와 단오에게 다가왔다. 남자의 말에 주변 사람들은 그렇지, 밥 드세요, 하고 한마디씩 거들며 두 사람이 나아갈 길을 만들어 주었다. 연서는 아까부터 쥐고 있던 단오의 손을 놓지 못했다. 어느 순간부터 단오도 연서의 손을 놓치지 않도록 세게 쥐어서 두 손바닥 사이에 축축한 물기가 생겼다.

단오는 아까부터 두리번거리고 있었다. 부모를 찾는 것이었다. 엄마랑 아빠가 있다고 했는데, 계속 중얼대며 인파 속 얼굴들을 살폈다. 그러다 연서를 잡은 손이 스르륵 풀렸다.

"엄마!"

단오는 군중 속을 헤치고 들어갔다. 엄마! 엄마! 같은 말을 외치며 연서와 점차 멀어졌다. 연서는 단오의 뒷모습을 바라봤다. 통통 튀어 나가던 아이는 누군가의 품에 안겼다. 꼭 끌어안은 두 사람의 모습을 보니 마음 어딘가가 해소되기보단 오히려 뾰족하게 만져지는 듯한 감정들이 몰려왔다.

연서는 두 사람에게서 시선을 떼지 못했다. 보이지 않는 단오의 표정도 어렴풋이 예상이 갔다. 그러나 눈에 보이는 단오 엄마의 표정은 이상했다. 연서로서는 이해할 수 없는 표정이었다. 딸을 만났는데, 이런 세상에서 살아남은 딸을 만났는데, 어떻게 저런 표정일 수 있지?

여자의 텅 비어 버린 듯 허망한 눈동자는 딸이 아

닌 허공을 바라보고 있었다. 안긴 아이의 등을 토닥였지만, 기계처럼 같은 행위만 반복할 뿐 감정이 사라진 것처럼 보였다.

천막 아래에 플라스틱 테이블과 의자가 놓여 있었다. 천막을 지탱하는 기둥에는 작은 조명들이 대롱대롱 매달려 테이블 위에 어지럽게 늘어놓은 식기며 요리 도구를 비추었다. 두 사람은 의자에 앉았고 조금 뒤 꽃무늬 원피스와 두툼한 카디건을 입은 여자가 접시를 들고 왔다.

“먹던 걸 치우던 중이라 남은 게 이것밖에 없네요. 내일 맛있는 거 해 드릴게요.”

접시 위에는 뭉툭한 채소들이 방금 데워진 듯 노릇한 냄새를 뿜고 있었다. 정장을 입은 남자는 두 사람에게 포크를 하나씩 내밀었다. 포크를 쥐고 투명하게 변한 양파에 찔러 넣었다. 연서는 곧장 양파를 입으로 넣어 꼭꼭 씹었다. 기름과 어우러진 고소한 맛이 입안 가득히 차올랐다. 딸에게 채소가 맛있다고 하면서도 입 안쪽이 씁쓸해지곤 했는데, 살면서 처음으로 정말 맛있다고 생각했다.

"엄마가 조금 이상해요."

단오는 포크로 양파를 쿡쿡 눌렀다. 먹지는 않고 애꿎은 양파만 괴롭혔다. 뾰족한 포크 끝에 단오의 마음이 걸려 있었다.

"아빠가 사라졌대요. 나랑 엄마를 버리고 혼자 남쪽으로 떠난 걸까요? 그래서 엄마가 지금 이상한 걸까요?"

"아닐 거야. 아빠가 왜 단오랑 엄마를 버리겠어. 일단 오늘은 생각하지 말고 쉬자."

아니라고 하기엔 이상했다. 하지만 연서는 어쩔 수 없이 그렇게 말했다. 아니라고. 그래야만 단오가 잠을 자고, 눈을 뜨고, 밥을 먹고, 생활을 이어 나갈 수 있을 것 같았다. 그래서 연서는 아니라고 해야 했다.

연서는 그릇에 담긴 음식을 반도 비울 수 없었다. 불편한 마음들이 뒤섞여 다가왔다. 단오도, 그리고 자신 앞에 서 있는 정장의 남자도 그랬다. 남자는 꼭 두 사람이 입을 열어 음식을 먹는 걸 확인해야 한다는 듯 빤히 바라보았다. 연서는 애써 무시하려 했지만, 자신의 입을 뚫어지게 쳐다보고 있나는 사실을 지울 수 없었다. 배가 고프고 말자, 그렇게 생각했다.

"그런데 이 음식들은 다 어디서 구한 건가요?"

연서는 시선을 돌리려다 의문이 들었다. 분명 지나온 바깥은 채소가 자라날 수 있을 거란 생각이 들지 않는 황폐한 공간들뿐이었다. 이런 연서의 의문에 남자는 손을 뻗어 체육관이라고 쓰여 있는 건물 옆쪽을 가리켰다. 그곳엔 돌들이 세워져 있었는데, 돌 너머로 삐죽삐죽 올라온 초록 잎들이 보였다.

"키우시는 거예요?"

"그렇습니다. 학교에서 원래 교육 목적으로 작물을 키우고 있었습니다."

남자는 연서를 보며 주름이 팬 웃음을 지으며 말했다.

"겨울이 가까워져 사실 밖에서 구해 오는 게 더 많습니다. 이미 떠난 사람들이 살던 집에 가서 구해 오곤 합니다."

"밖으로 나가려는 사람들이 없을 것 같은데요."

"하하. 그렇지 않습니다. 여기 사람들은 이 공간을 사랑해요. 다들 안전한 이곳을 지키려고 하죠. 너나 할 것 없이 외부로 나가는 일에 적극적이랍니다. 두 분도 그렇게 될 거예요."

안전한. 그 단어에 연서는 제 음이 아닌 피아노 건반을 누른 기분이었다. 분명 솔을 눌렀는데 솔이 아닌 이상한 음정이 튀어나왔다. 이상한, 그게 더 어울렸다.

연서는 고개를 천천히 돌려 학교 안을 둘러봤다. 사람들은 웃고 있었다. 바깥의 재난을 모른다고 말하는 표정이었다. 가족을 잃지도, 죽음이 가까워진 장면을 본 적도 없는 표정이었다. 연서는 그들의 표정을 따라 할 수 없었다.

멀쩡한 조명 아래 머리가 하얗게 변해 나이를 짐작하게 하는 남자가 걸친, 주름이 하나도 지지 않고 먼지 하나 묻지 않은 검은 정장으로 연서의 시선은 자꾸만 멈춰 섰다.

카디건을 입은 여자는 학교 건물 안으로 두 사람을 안내했다. 1층 복도를 따라 걷다가 행정실이라고 쓰인 곳으로 들어갔다. 여자가 불을 켜자, 중앙에 커다란 원형 테이블과 의자 여섯 개가 보였다. 여자는 아무 데나 앉으세요, 라고 한 뒤 테이블을 지나 안쪽 책상으로 가서 서류 뭉치를 들고 왔다.

"여기 적으시면 돼요."

테이블 위에 종이 뭉치가 놓였고 연서와 단오는 의자를 빼서 앉았다. 여자는 종이 위를 손가락으로 가리키며 말했다. 먼저 작성하시면 되고, 다 쓰시면 옆 분께 드리세요. 연서 앞에 놓인 종이에는 이름, 나이, 성별, 가족관계, 주소, 직업… 이런 세상에서 어디에 쓰일지 모르를, 불필요해 보이는 정보들을 적었다. 연서는 모두 작성하고 단오에게 내밀었다. 받아 든 단오는 가족관계라고 쓰인 아래 칸을 쓰지 못한 채 한참 펜을 대고만 있었다.

"위로 올라가면 나오는 3학년 1반에 가서 자면 돼요. 우리 친구는 엄마가 있지? 엄마 있는 데로 데려다 줄게. 그리고 당부하는 건데 1층에 있는 교무실엔 절대 들어가지 마세요."

왜 들어가면 안 되는지 물어보고 싶었지만 피곤했다. 종일 걷고, 헤매고, 예상하지 못한 순간에 너무나도 많이 부딪혔다. 남은 기운을 짜내 묻는다면 내일이 와도 오늘 써 버린 것들을 회복하지 못할 것 같았다.

연서의 한 손은 질질 끌리는 침낭을, 남은 한 손은 차가운 계단 난간을 잡았다. 붙잡고 한 칸씩 오르는 것조차 벅찼다.

'3-1'이라고 쓰인 팻말이 걸린 교실 문을 열자 드르륵 소리가 어둡이 즐비한 복도 전체를 울렸다. 여섯 사람이 줄지은 침낭 속에서 이미 잠든 뒤였다. 연서는 조용히 교실 안으로 들어갔고, 사람들 옆에 침낭을 내려놓았다. 몸을 구겨 침낭 안에 들어갔다. 침낭 안에 만져지는 것들이 온통 딱딱했다. 낯선 세상에 발을 디딘 듯, 온몸이 굳어 버려 둘러싼 모든 것들이 딱딱하게 느껴졌다. 바깥은 두려웠고, 다시 들어온 세상은 낯설었다. 익숙한 것이 사라져 버린 공간에서 살아간다는 게 막막했다. 딱딱한 것들에 익숙해져야 했다. 그렇게 연서는 눈을 감았다.

"연서 씨!"

연서는 이름을 부르는 소리에 눈을 떴다. 누가 내 이름을 아는 거지, 생각이 들었지만 이내 정체를 알았다. 익숙한 목소리였다.

"맞네, 연서 씨. 살아 있었구나."

원장이었다. 피아노 학원에서 가방을 메고 나가던, 그 모습이 마지막인 줄 알았던 사람이있다. 연서는 부스럭대며 침낭 밖으로 몸을 일으켰고, 원장은 연서의 양팔을 붙잡았다. 안녕하세요, 어색하게 내뱉은 인사말과 슬쩍 짓는 미소가 부자연스러웠다.

"잘 왔어. 여기서 같이 살아 보자."

두 사람은 밖으로 나와 학교를 빙 둘러 걸었다. 천막 아래에 모인 사람들은 분주히 채소를 다듬고 있었다. 물을 받아오고, 채소를 씻고 다듬고 조리를 하는 모든 과정이 배분되어 있는 듯 시계태엽처럼 맞물려 어긋남이 없었다. 연서는 천막에 대롱대롱 달린 주먹만 한 전구들을 쳐다보았다. 불과 물, 그리고 전기. 그동안 깜빡이는 전등 아래에서 버텨 온 연서에게는 이해할 수 없는 세상이었다.

"여기서는 물을 어떻게 사용하는 거예요? 그리고 전기도 잘 들어오고."

연서는 의문스러운 눈으로 원장을 보며 물었다. 원장은 운동장 건너를 가리켰다. 손끝에는 창고가 있었다.

"매일 밖으로 나갈 사람을 지원받는데 그 사람들이 나가서 음식 찾아오고, 물 길어 오고… 저기에 구해 온 식량들을 보관하는 거야. 전기는 다행히 옥상에 저거 봐, 태양광."

연서는 고개를 들어 옥상을 쳐다봤다. 태양광 패널에 반사되는 빛에 눈이 따가워 손을 들어 막았다. 손가락 사이, 벌어진 틈으로 파고드는 빛 때문에 눈이 저절로 깜빡였다.

두 사람은 운동장을 걸으며 마주치는 사람에게 인사를 했다. 하나둘 웃는 얼굴을 마주치며 연서는 꺼림칙함을 느꼈다. 원장은 그런 연서의 표정을 보고 처음엔 다들 이상하게 생각해, 라며 보호소에 대해 이야기해 주었다.

보호소에는 50명이 채 안 되는 인원이 살아가고 있었다. 교장이라 불리는 정장 입은 남자는 식물의 기이한 움직임이 시작되자 학교를 폐쇄했고 주변을 배회하는 사람들을 끌어모았다. 그러다 범위를 넓혀 발이 묶인 근처 사람들을 들여왔고, 폭력적인 집단이 거리를 점령하자, 그들로부터 사람들을 구하기 시작했다.

"그런데 왜 여기는 안전한 거죠? 제가 살던 집에도 결국 식물이 기어 들어왔어요. 이렇게 개방된 곳이 안전하다는 게 말이 안 되잖아요."

학교를 둘러볼수록 기묘한 느낌이 커져 갔다. 안락했기 때문이다. 먹을 것과 잘 곳, 여기 속해 있으면 죽음을 걱정하지 않아도 될 거라는 확신이 들었다. 밖은 엉망인데, 이곳은 시간이 멈춰 버린 듯 고요했다.

"그… 정확한 건 나도 잘 몰라. 그냥 다들 각자 역할을 잘하고 있으니까, 신이 축복을 내린 거 아닐까?"

원장은 무언가를 말하려다 말을 바꿨다. 이상했다. 원장은 신을 믿은 적이 없었다. 신이라는 말을 입 밖으로 꺼낸 적도 없었다. 신의 축복이라니. 학교에만 존재하는 신은 대체 무슨 생각인 걸까.

어느덧 운동장 끝에 도착했다. 원장은 고개를 돌려 운동장 한쪽에 높게 솟은 시계를 쳐다보았다.

"아, 연서 씨. 교장 선생님이 연서 씨 데려오라고 했어. 지금 가자."

교장실은 학교 2층 복도 끝에 있었다. 원장은 두 번 노크를 했고 들어와요, 라는 대답에 문을 열었다.

화사한 빛이 감돌았다. 교장실만 유독 햇빛을 가득 머금은 듯 커다란 창을 타고 들어오는 빛에 겉옷을 입지 않아도 될 만큼 훈기가 돌았다. 한쪽 벽에는 목재 책장이 있었지만 의외로 책은 전혀 꽂혀 있지 않았다. 조금씩 교장 쪽으로 다가가자 책장에 꽂힌 게 레코드

판임을 알 수 있었다.

교장은 어제와 다른 옷을 입고 있었다. 고동색 정장에 넥타이도, 양말도, 구두도, 셔츠도… 전부 바뀌었다. 연서는 고개를 숙여 자신의 옷을 내려다봤다. 집을 떠났던 날 그대로인 옷은 냄새가 날 듯 새까만 얼룩이 군데군데 묻어 있었다.

"연서 씨만 여기 앉고 나가 봐요."

교장은 원장을 향해 말했다. 원장은 당황한 눈을 숨기지 못하고 머뭇거리다가 교장실을 나갔다. 연서는 교장이 앉은 책상 맞은편 의자에 앉았다. 보통 책상에 마주 앉으면 모니터가 두 사람 사이를 가렸다. 그러나 이 책상 위에는 모니터도, 키보드도, 사무용품이라 할 만한 것은 하나도 없었다. 연서에게 닿아 오는 시선을 막는 것이 없었다.

"왜 부르신 건지…"

"가장 좋아하는 걸 꺼내 보시죠."

교장은 손가락으로 옆 책장을 가리켰다. 연서는 고개를 돌렸고, 책장에 꽂힌 수많은 레코드판을 보았다. 자그맣게 쓰인 글자를 읽어 보려 했지만, 숨이 막히는 듯했다. 앞이 흐려지고 글자들이 제각각 날아다니는 것만 같았다. 연서는 생각할 겨를 없이 익숙한 글자처럼 보이는 것을 집었다.

네모난 공간에 음표가 그려졌다. 책상 위 턴테이블에서 검은색 레코드판이 멈출 줄 모르고 빙그르르 돌아갔고, 옆에 놓인 스피커가 패인 홈을 읽어 냈다. 스피커에서는 피아노 소리가 쉬지 않고 흘러나왔다.

"익숙하다 했더니. 예전에 공연을 보러 간 적이 있습니다. 그때 정말 좋았는데, 역시나 쇼팽을 고르셨네요."

연서는 자신이 고른 게 쇼팽인지도 몰랐다. 그저 눈앞에 익숙한 글자 형태가 보였고, 그래서 골랐는데, 우연히 쇼팽이었을 뿐이다.

탁, 버튼 누르는 소리와 함께 음악이 끊겼다. 두 사람 사이는 정적이 남았다. 그러다 의자가 끌리는 소리와 함께 교장은 일어섰다. 저벅저벅 걸어 나왔다. 연서는 침을 삼켰다. 자신을 향해 걸어올 것만 같았다. 오지 마, 마음속으로 외쳤다.

"이쪽으로 오시지요."

교장은 연서 곁으로 오지 않았다. 교장은 하얗게 이를 드러내고 있는 피아노를 만졌다. 연서는 천천히 다가갔다. 피아노 앞에 앉고 싶지 않았다. 아무것도 치고 싶지 않았다. 그러나 앉아야 한다고 말하는 것만 같았다. 아무런 말도 하지 않는 교장에게서 그런 말이 흘러나왔다. 앉아야 한다, 연주해야 한다. 해낼 수 없는 일이 연서에게 주어졌다.

연서는 피아노 앞에 앉았다. 건반 위에 손을 올렸다. 손가락 끝에 하얀 건반이 닿았고, 손가락마다 심장이 달린 것 같았다. 쿵쿵 소리가 손끝에서부터 귓가까지 전해졌다.

건반을 눌렀다. 흘러나오는 소리가 공명하듯 교장실 안을 구석까지 파고들어 울려 댔다. 연서는 건반을 하나씩 눌렀다. 방금까지 흘러나오다 끊겼던 쇼팽 협주곡 1번이 이어졌다.

연서는 계단을 내려왔다. 내일도 다시 저 공간에 들어가야 했고, 다시 건반 위에 손을 올려야 했다. 매일 10시에 오시면 됩니다. 교장은 그렇게 말했다. 매일이라는 말에 연서는 잠시 정신이 들었다.

"매일요? 진 밖으로 나가야 해요. 남편이 철원 연구소에 있어요. 거기엔 식물을 죽이는 방법이 있대요.

그리고 머지않아 변종이 생길 거라 했어요. 그러니까 그 전까지 거기로 가야 해요. 그곳까지 갈 방법을 찾으면 바로 이곳을 떠날 거예요."

"하하. 농담하시는 겁니까? 어리석어요. 철원이면 식물이 시작된 곳인데, 거기까지 가겠다뇨. 게다가 이렇게 평화로운데 굳이 식물을 죽일 필요가 있을까요? 그저 감사하며 이 평화를 즐기면 됩니다."

터벅터벅 소리를 내며 연서는 걸음을 옮겼다. 하루 자고 일어나면 지난날의 피로가 풀릴 줄 알았는데 걸어 내려가는 계단이 너무나도 길어 보였다.

단오는 어디 있을까, 연서는 계단을 내려와 복도를 걸으며 생각했다. 어제 봤던 단오의 엄마는 좀 괜찮을까, 괜찮았으면, 걱정이 밀려왔지만 그런 걱정을 할 만한 여유가 없다는 것을 깨달았다. 쉬고 싶었다. 당장이라도 어딘가에 앉아야 했다. 문이 열린 교실로 들어가려다 푯말에 쓰인 글자를 보자 찝찝했다. 교무실, 뭐라고 했던 것 같은데 기억이 나지 않았다.

연서는 교무실 안으로 들어갔다. 선생님들이 앉았을 책상과 의자가 여러 개 놓여 있었다. 그리고 한쪽 벽면에 걸려 있는 칠판에는 하얀 분필로 무언가 가득히 적혀 있었다. 연서는 그 앞에 서서 칠판에 적힌 내용을 천천히 읽어 봤다. 알 수 없는 숫자들이 대부분이었다. 그중 이해할 수 있는 것은 나란히 적힌 글자들이었다. 온통 세 글자의 이름들. 가장 아래에 이연서, 채단오 세 글자도 적혀 있었다.

복도를 울리는 발소리와 목소리가 들려왔다. 들키면 안 될 것만 같았다. 보면 안 될 것을 본 것만 같은 두려움이 엄습했다. 연서는 들어왔던 문으로 나갔고, 복도 끝에서는 두 사람이 걸어오고 있었다. 그대로 옆 교실에 몸을 숨겼다. 그런 뒤 두 사람의 걸음 소리가 잦아들 때까지 기다렸다.

두 사람은 교무실로 들어갔다. 연서는 끼익, 문이 닫히는 소리가 들리자 교실에서 나왔다. 그런 뒤 문에 달린 창으로 두 사람을 바라봤다. 뒷모습만 보여 얼굴은 알아볼 수 없었으나 무엇을 하는지는 명확했다. 칠판에 쓰인 숫자들을 지우고 바꿨다. 두 사람은 김선우라고 적혀 있는 이름 옆의 숫자를 바꾸었다. 지우개로 원래 숫자를 지우고 분필로 그린 숫자는 0이었다. 김선우라면 그날 자신을 구하러 왔던 남자 중 하나인가, 연서는 선우의 얼굴을 떠올렸다.

다음날 선우가 죽었다.

교실 안이 소란스러웠다. 원장은 자기가 보고 들은 것을 늘어놓았다. 글쎄 선우 개가 픽 쓰러지더니 얼굴이 하얗게 질려서는… 심장이 안 뛰더래. 심폐소생술을 하는데도 안 돌아오더래. 연서는 잠에 빠지다가 원장의 목소리에 정신이 들었다. 어머머, 추임새를 넣는 사람들의 목소리도 거슬렸다.

겉옷을 챙기고 계단을 올랐다. 이 밤에 어디 가세요, 물어 오는 사람들에게 연서는 바람 쐬러 간다고 대답했다. 머리가 복잡했다. 죽음이 생긴 밤이었다. 평화로운 곳에도, 신이 있는 곳에도 죽음이 생겨난다. 죽음은 언제나 말이 많았다. 죽은 사람은 아무런 말도 하지 않지만, 남은 사람들은 입을 쉬지 않았다. 평화도, 신도 그건 감당 못 했다.

올라간 계단 끝에서 닫힌 문을 열었다. 문을 열자 운동장에서 느끼지 못했던 해방감이 눈앞에 펼쳐졌다. 끝없이 까만 하늘과 불어오는 풀잎 향, 연서는 숨을 크게 들이쉬고 옥상으로 들어섰다.

"…여긴 어떻게 왔어요?"

목소리가 들려오는 쪽엔 형운이 있었다. 연서는 몇 번이고 눈을 끔뻑였다. 그날 봤던, 자신을 구해 줬던 그 사람 맞는 건가. 형운의 모습은 수척해져 있었다. 옥상을 밝히는 하얀 등 아래 드러난 푸석한 피부와 눈 아래를 덮은 다크서클, 빨간 실타래가 풀린 듯 충혈된 눈, 메말라 갈라져 버린 목소리, 자신을 구하러 왔던 그 사람이라고는 믿기지 않았다.

"안 괜찮아 보여요."

연서는 괜찮은지 물어보려다, 이상한 말을 했다. 연서의 말에 형운은 금방이라도 쓰러질 것만 같았다. 오늘은 자신이 그를 부축하고, 손을 내밀어야 할 것 같았다. 형운은 온기가 섞인 말을 생전 처음 들은 사람처럼 자리에 주저앉아 울었다. 연서는 웅크린 옆으로 다가가지 못했다. 불어오는 바람엔 울음이 섞여 있었다. 연서는 고개를 들어 학교 너머를 바라봤다. 여전히 깜빡거리는 불빛이 사방을 비추었다. 온 세상이 검은색이었다가, 다시 꿈틀거리는 초록색으로 뒤덮였다. 연서는 그 광경을 보고 놀랍게도, 아름답다고 생각했다. 처참하고 엉망인 건 지금 옥상, 바로 이곳이라고.

파란색 방수포를 걷었다. 눈을 감은 허연 얼굴이 드러났다. 형운은 방수포를 쥐고 주저앉았다. 방수포 위로 툭툭 형운의 눈을 타고 내려온 것들이 떨어졌다. 방울들은 하나도 스며들지 않고 저마다 모여 더 커다래졌다.

"교무실에 갔어요. 거기 칠판이 있었고 이름과 숫자가 있었어요. 선우 이름 옆의 숫자를 사람들이 바꿨어요. 0이 됐어요. 0. 그게 무슨 뜻이에요?"

"0이요?"

0? 0이라고요? 형운은 엉망이 된 얼굴로 연서를 바라보며 물었다. 말도 안 돼. 0일 리가 없어요, 말을 하면서도 계속 울었다.

눈을 감고 영원히 자는 듯한 하얀 얼굴이 피아노 건반 위에 나타났다. 연서는 생각을 지울 수가 없었다. 하얗게 잠들어 버린 딸이 떠올랐기 때문이다. 건반 위의 손가락들이 저절로 움직이는 게 끔찍했다. 딸이 죽은 날과 똑같았다.

병원에서 전화가 왔었다. 하윤이 위급하다고, 당장 와야 한다고 했다. 휴대폰을 든 연서는 무대 뒤편에서 이제 올라가야 한다는 신호를 받은 상태였다. 올라가야 하는데 딸에게도 가 봐야 했다. 빨리 올라오라고 손짓을 했다. 저 가 봐야 해요, 연서는 그렇게 말을 하기도 했다. 올라가요, 가 봐야 해요. 연서는 결국 무대로 올라갔다. 건반 위에 딸이 보였다.

손이 저절로 움직였다. 한 시간 동안 연서는 스스로 연주하지 않았다. 손이 마음대로 움직였다. 그 한 시간 동안 손을 제외한 연서의 모든 것이 병원을 향했다.

연서는 곧바로 택시에 올라탔다. 빨리 가 주세요, 발을 동동 구르며 제발 빨리. 속력이 올라가는 택시 안에서 빨리 가 달라는 말만 중얼거렸다.

병원에 도착하자마자 연서가 들은 말은 하윤이 죽었다는 것이었다.

연서는 다시 그날로 돌아간 기분이었다. 똑같은 얼굴과 똑같은 건반 위. 똑같이 연주하면 모든 일을 다시 겪는 기분일 것 같았다.

"못하겠어요."

"왜 그러신가요?"

"몸이 조금 안 좋아요."

교장은 탐탁지 않은 표정을 지었다. 연서는 일어

나 뒤를 돌아보지 않고 교장실을 나섰다. 아래로 이어진 계단을 내려갔다. 계단 끝에서는 원장이 올라오고 있었다. 얼굴이 평소보다 하얗게 질려 있었다. 비틀거리기도 했다. 몸이 기우뚱거리다 계단 난간을 잡았다.

"원장님, 괜찮으세요?"

연서는 자신보다 더 나빠 보이는 원장 가까이 다가가 옆을 부축했다. 원장은 이상한 표정을 지었다. 고맙지도 않고, 그렇다고 기분이 나빠 보이지도 않은, 알아보기 힘든 표정이었다. 연서는 안쓰럽다는 표정을 애써 읽어 냈다. 자신을 보며 안쓰럽다는 표정을 짓는 원장을 이해할 수 없었다.

"나는 괜찮아. 혼자 갈게."

원장은 연서의 도움을 한사코 거절하며 한 칸씩 계단을 올랐다. 여전히 휘청거리는 몸을 이끌고 위로 올라갔다. 연서도 그 뒷모습을 보며 안쓰럽다는 표정을 지었다.

1층에 다다라서 원장이 어디로 갔는지 알았다. 연서는 문고리를 잡고 나가려다 피아노 소리를 들었다. 교장실에서는 피아노를 연주하지 못하는 연서 대신 원장을 불렀다. 아픈 몸을 이끌고 2층 교장실을 향해, 오로지 피아노를 연주하기 위해 가야 했던 원장이 이해가 가지 않았다. 아까의 표정도, 아무것도 이해할 수 없었다.

단오는 건물 옆 벤치에 앉아 있었다. 신발을 벗고 두 다리를 벤치 위에 올려서 두 팔로 끌어안았다. 동그랗게 몸을 말아 고개를 푹 숙였다. 아아아, 소리를 내기도 하고 이마를 무릎에 퍽퍽 치기도 했다.

"혼자 뭐 하고 있어?"

익숙한 목소리에 단오는 묻어 둔 고개를 들었다. 이런 곳에 벤치가 있었구나, 연서는 자연스럽게 단오 옆에 앉았다. 오랜만에 보는 얼굴이었다. 혼란스러웠던 순간들이 단오를 마주하자 순간적으로 정리되는 것 같았다.

"요즘 어떻게 지내세요?"

"피아노를 몇 번 연주했어. 교장실에 피아노가 있더라고."

"와! 저는 빼놓고. 저는 언제 들을 수 있어요?"

"글쎄… 여기서 나가면."

칭얼거리던 단오는 어느새 둥글게 말았던 몸을 풀

었다. 다리는 벤치 아래로 내려 신발을 반쯤 걸치고 양쪽 다리를 앞뒤로 흔들었다. 그러나 나가면, 이라는 연서의 어렴풋한 말에 대답하지 않았다.

"너는 어때?"

"엄마가 취미로 밭농사를 지었어요. 여기서도 작물 기르는 일을 도맡아 하고 있어서 옆에서 돕는 중이에요."

"잘됐구나. 기분은 괜찮아?"

연서는 떨고 있던 자그마한 몸이 떠올랐다. 커다랗게 밀려오는 두려움을 밀어내려고 떨어 대는 몸짓, 그 몸짓을 달래기 위해 안았던 단오의 엄마. 모든 게 이상한 나날들이었지만, 조금은 괜찮아졌으면 좋겠다고 생각했다.

"그게… 예전으로 돌아간 것 같아요. 엄마가 아팠던 적이 있는데, 지금이랑 똑같았어요. 웃지도 않고, 울지도 않고, 아무런 감정이 없는 사람 같았거든요. 그런데 그때로 돌아갔어요. 엄마가 다시 아픈가 봐요."

"어떠신대?"

"저한테 자꾸 나가래요. 밖으로 나가래요. 여긴 안전한데 왜 그런 말을 하는 걸까요? 어쩌면 엄마는 제가 싫은 건지도 몰라요."

"아니야, 단오야. 그럴 리가 없어. 엄마는 안 그래. 안 그래 정말."

단오는 다시 다리를 끌어안고 고개를 묻었다.

"아빠도 사라지고… 정말 다 이상한데."

단오는 아빠의 행적을 찾을 수 없었다. 엄마에게 몇 번이나 물어봤지만, 그저 고개만 저었다. 아빠는 엄마를 버리고 간 거냐는 물음에도 그런 게 아니라고, 아니라고, 같은 말을 반복하며 고개만 끊임없이 저었다. 엄마의 행동은 이상했다. 부정할수록 아빠가 자신과 엄마를 두고 혼자 떠나 버렸다는 생각을 지울 수 없었다.

"그래, 이곳은 이상해."

연서는 이렇게 말하며 바깥을 바라봤다. 닫힌 철문 사이로 도로가 보였고, 도로 건너편엔 인도와 담벼락이 있었다. 담벼락은 모조리 식물이 점령해 꿈틀대며 생명력을 과시했다. 가야 하는 곳. 연서는 그 식물을 보며 결국 자신이 가야 하는 곳이라고 정의했다. 철문 밖을 넘어서 결국엔 자신이 가닿아야 하는 곳.

밖은 미로였다. 고개를 돌리는 곳마다 온통 식물이 자라고 있었다. 너풀거리는 잎과 가지를 뻗는 모습, 그게 전부였다. 어디로 발을 디뎌야 할지 그 누구도 알 수 없었다. 아무런 정보 없이 거리로 나선다는 건 자살 행위에 가까웠다. 살아남는다고 해도 살육 행위를 하는 인간을 마주해 죽임을 당하는 건 마찬가지였다.

지도를 찾을 것, 지리를 잘 아는 사람을 데려갈 것, 혹은 자신이 그런 사람이 될 것. 연서는 세 가지 경우의 수를 떠올렸다.

휴대폰은 먹통이었다. 연결이 되기도 했지만, 도로 옆 줄지은 가로등이 켜지는 것처럼 잠깐에 불과했다. 종이로 된 지도를 찾지 않는 이상 밖으로 나갈 수 없었다. 지도를 찾는다고 해도 그 지도를 읽으며 나아갈 수 있을지 불분명했다.

누군가를 믿는 것도 어려웠다. 학교 안 사람들은 온화했다. 교장은 사람들을 위해 학교를 내주었고, 형운도 사람들을 구해 왔다. 그러나 휘청거리는 사람들도 존재했다. 웃는 얼굴로 치장한 채 표정을 감추고 있다는 생각을 지울 수 없었다.

자원해서 밖으로 나가는 사람들이 있다는 말을

떠올렸다. 연서는 나가야 했다. 나가서 지리를 익히고 학원으로 가서 차를 타고 남편을 만나러 가야 했다. 학교의 안온함에 적응해 버리면 나갈 수 있어도 못 갈 것 같았다. 자신이 평생 그래 왔던 것처럼.

“왜 안 된다는 거죠?”

“이유는 잘 모르겠는데, 연서 씨는 안 된다고 정확히 말씀하셨어요.”

노란 원피스를 입은 여자 앞에서 연서는 황당한 표정이었다. 헛웃음을 짓기도 했다. 연서가 들어온 첫날 안내를 맡았던 여자는 손에 쥔 서류 뭉치를 몇 장 뒤적이며 말했다.

“누가 안 된다고 하는 건데요? 저도 밖에서 음식을 구해 오겠다고요.”

“교장 선생님께서 특별히 지시하신 사항이라 어려워요.”

“교장 선생님이요? 아니, 그분이 왜…”

연서는 혼란스러웠다. 교장이 왜 자신을 나가지 못하게 하는지 알 수 없었다. 오늘 피아노를 연주하지 못해서? 단지 그 이유에서인가, 아닐 것이나. 연서는 자신이 한 말을 되짚어 보았다. 처음 교장이 자신을 부른

날 연주를 끝마치고 한 말, 남편을 만나러 철원의 연구소로 가야 한다, 그것이 문제였던가. 다른 이유는 도무지 떠오르지 않았다.

학교 안에서 마음대로 할 수 없는 자신의 모습을 발견했다. 자유롭게 움직였던 유일한 두 손마저 잘린 듯했다. 누군가 위에 줄을 매달고 움직임을 만들어 주기까지 기다려야 했다. 그건 과거에도, 지금도, 변하지 않고 똑같았다. 머물러 있었다.

쿵쿵쿵, 복도 전체에 소리가 울렸다. 교장실 앞 닫힌 문이 수차례 울려 댔다. 문고리도 몇 번이고 돌아갔지만, 열리지 않았다. 연서는 쿵, 발로 문을 걷어찼다.

"안에 안 계세요."

커다란 소리를 듣고 따라온 형운은 어느새 연서 뒤로 와서 말했다.

"어디 가신 거예요? 지금 당장 만나야 해요."

"왜 찾으시는 건데요?"

"밖으로 나가야 하는데, 못 나가게 해요. 나갈 방법이 없다고요!"

연서의 말에 형운은 한참이나 가만히 있었다. 무

언가 곰곰이 생각하는 것처럼 보였다.

"왜 나가려고 하시는 거예요?"

"남편이 철원 연구소에 있어요. 거기에 식물을 죽일 방법이 있대요. 저는 그걸 찾으러 가야 해요."

"식물을 죽여요? 그런 게 있다고요? 정말이에요?"

"남편이 이 식물을 만들어 낸 연구소에 있어요. 전화로 그랬어요. 연구소에는 이 사태를 끝낼 방법이 있다고. 분명해요."

형운은 연서의 말을 듣고 끊임없이 중얼거렸다. 말도 안 돼, 그런 게 있을 리가 없어. 고장 난 인형같이 허공을 향한 눈은 무엇을 보는지도 모르는 채 중얼거리기만 했다. 하하, 웃음을 짓기도 하고 눈물이 나올 것처럼 눈가가 축축해지기도 했다.

"연서 씨 맞죠? 그런데 연서 씨… 못 나가요. 여기는 그래요."

그 말을 끝으로 형운은 뒤를 돌았다. 슬리퍼가 질질 끌리는 소리가 났다. 교장은 어딨는 거예요? 연서의 외침에 형운은 고개를 돌려 따라와요, 라고 하며 다시 걸음을 옮겼다. 연서도 질질 끌리는 소리가 묻어 있는 복도를 따라 걸었다.

들어오지 마세요, 형운은 연서에게 말하고 모습을 감췄다. 들어간 곳의 문은 완전히 닫지 않고 틈을 약간 만들어 놓았다. 늦었네요, 형운을 향하는 목소리들이 그 틈으로 빠져나왔다. 연서는 그 사이로 안을 들여다봤다. 연서도 익숙한 곳이었다. 칠판을 가득 메운 곳, 교무실이었다.

안에는 형운을 포함한 여섯 명이 둥근 탁자에 앉아 있었다. 여섯 명 중에는 연서를 향해 밖으로 나갈 수 없다고 했던 원피스를 입은 여자와 교장도 있었다. 여섯 사람은 모두 한곳을 바라보고 있었다. 칠판이었다. 대체 저 칠판은 정체가 뭐길래, 연서는 귀를 대고 정체를 알아내기 위해 들려오는 말을 주워 담았다.

"회의 시작 전에 할 말이 있습니다."

"됐다, 조용히 해."

형운의 말을 교장이 가로막았다. 그러나 형운은 그 말을 무시하고 할 말을 이어 나갔다.

"선우요… 대체 누가 그런 겁니까? 선우는 저랑 밖에서 사람들을 데려왔습니다. 아시잖아요. 사람 구해오기 힘들다는 거. 대체, 대체 선우가 왜 뽑혀야 했던 겁니까? 네? 선우는 맡은 역할을 했다고요! 누가 죽였습니까, 누구예요!"

형운은 목에 핏대를 세우며 외쳤다. 손가락으로 칠판 속 선우의 이름이 있던 곳을 가리켰다. 그러나 손가락이 닿는 곳에는 지우개가 몇 번이나 문질렀는지 하얀 분필 가루만 남아 이름은 더 이상 볼 수 없었다.

"선우는 제 역할을 못했어. 그런 사람은 다른 식으로 역할을 해야지."

"대체 어떤 역할을 못했다는 겁니까? 다 했다고요, 저랑 같이 다 해냈다고요!"

"선우보다 더 잘 해낸 사람들이 있었겠지."

형운은 탁자를 쿵쿵 치며 외쳤다. 하지만 맞은편에 앉은 사람들은 그 말에 반박했다.

"너는 들어가. 오늘 회의는 우리끼리 해야겠다."

"그래, 상태가 좋지 않은 것 같네요."

"진짜… 당신들, 당신들은 대체 뭐야. 뭐냐고!"

형운은 수많은 바위 속에 홀로 서 있었다. 아무리 외쳐도 다시 자신을 향해 메아리를 치는 고립된 공간이었다. 손끝으로 바위를 만져 올라가려 해도 자꾸만 미끄러져 제자리로 돌아오고 말았다. 그래요, 갑니다. 형운은 손으로 얼굴을 쓸어내리고 탁자에서 일어섰다.

의자를 밀어 넣고 교무실 밖으로 향했다.

연서는 형운이 나오는 것을 보고 옆으로 몸을 움직였다. 그들의 시선에서 벗어났다. 문을 열고 나온 형운은 연서를 한 차례 쳐다보고 복도를 걸어 나갔다.

연서는 다시 교무실 안으로 시선을 옮겼다. 형운이 빠진 다섯은 그대로 회의를 이어 나갔다.

"형운이 저거, 정신 좀 차리게 해야지. 안 그래?"

교장은 연서를 대할 때와 태도가 전혀 달랐다. 마치 무리의 정상에 선 듯 편한 말로 사람들을 다뤘다.

"오늘은 어떻게 보낼까요?"

"이연서 씨…"

컥, 소리와 함께 사레가 들렸다. 예상치 못한 자신의 이름에 연서는 한 손으로 입을 틀어막고 새어나간 소리를 무마하려 했지만, 이미 기침 소리는 문틈 사이로 흘러 들어간 뒤였다. 틈은 벌어졌다. 끼익 소리와 함께 눈앞에 커다란 몸통이 서 있었다. 고개를 들자 그 사람과 눈이 마주쳤다. 그 두 눈에는 당신이 왜 여기 있는지, 뭘 하고 있는지, 단 하나의 질문도 담겨 있지 않았다. 아래로 내리뜬 눈은 그저 싸늘했고, 제 영역에 잘못 발을 디딘 짐승을 바라보는 듯했다.

문은 닫혔고 연서는 그들의 영역과 멀어졌다.

옷을 한 겹 더 입어야 했다. 그만큼 해는 빨리 떨어졌고, 어둠이 길어진 만큼 추위는 빨리 찾아왔다. 연서는 그토록 바라던 바깥에 섰다. 굳게 닫힌 철문이 열렸고, 며칠 전 보았던 풍경을 마주할 수 있었다. 뛰어나가면, 이대로 저 멀리 이어진 도로를 따라간다면 학원으로 향하는 길을 발견할 수 있지 않을까, 그런 생각이 들었다. 그러나 갈 수 없었다. 목줄이 묶인 짐승처럼 되돌아가야 할 공간이 존재했다.

연서 옆으로 네 사람이 줄지어 있었다. 바로 옆에는 형운이 있었다. 다섯 사람 앞에는 한 품에 들어올 만한 파란색 플라스틱 양동이를 든 사람이 서 있었다.

"오늘 할당량입니다. 그럼 시작해 볼게요."

그 말과 함께 양동이를 든 사람 양옆에 있던 사람들이 움직였다. 형운은 자연스럽게 팔을 걷었다. 지금 뭐 하는 거예요, 연서는 영문을 알 수 없어 형운을 보며 물었다. 형운도 연서를 보며 따라 해요, 라고 했다. 연서도 두꺼운 외투 한쪽을 걷어 하얀 팔을 드러냈다. 불어오는 바람에 소름이 돋아났다.

연서 앞으로 다가온 여자는 알콜솜으로 팔을 닦았다. 이게 뭐 하는 짓이죠? 집중한 여자는 연서의 물음에 아무런 대답이 없었다. 그러더니 기다란 바늘을 가져와 그대로 찔러 넣었다. 차가운 감촉이 몸 안으로 들어왔다. 피부 위에 돋아난 소름이 몸 안까지 퍼져 가는 기분이었다.

몸을 휘저으며 돌아가고 있던 피가 바늘을 따라 빠져나왔다. 새빨간 피가 투명한 주머니에 담겼다. 줄지어 선 다섯 명 모두 팔뚝에서 피가 흘러나왔다. 아연한 연서와 달리 나머지 넷의 얼굴엔 아무런 표정도 없었다. 그저 반쯤 넋이 나간 듯 순응한 모습이었다.

주머니에 피가 가득 모이자 양동이에 쏟았다. 그런 뒤 다시 주머니를 달아 피를 뽑았다. 몇 번이나 이 과정을 반복해야 끝이 나는지 누구도 알려 주지 않았다. 연서는 그저 뽑혀 나간 피만큼 아득해진 시야 앞 양동이가 피로 가득 차오르기를 바랐다.

연서 옆에 서 있던 여자가 쓰러졌다.

"아깝게."

끝에 있던 남자가 혀를 차며 말했다. 여자의 팔에 꽂혀 있던 바늘이 떨어지자 그 안에 있던 피가 한 방울씩 땅바닥으로 떨어졌다. 여자의 팔에 바늘을 찔렀던 사람은 쓰러진 여자를 보고 다가왔다. 여자를 일으키지 않은 채 떨어진 바늘을 알콜솜으로 닦은 뒤, 다시 가느다란 여자의 팔 안에 찔러 넣었다.

형운은 다섯 명의 피가 섞여 찰랑거리는 양동이를 들고 걸었다. 연서는 그 뒤를 따라갔다. 학교를 한 바퀴 도는 것까지, 그게 오늘 다섯 명의 역할이었다. 찰랑거리는 양동이에서 피를 퍼서 벽에 뿌렸다. 시뻘건 색깔이 초록색 식물 위에 닿았다. 연서는 벽을 자세히 바라봤다. 붉은 벽돌이라고 생각했었는데, 어쩌면 처음부터 붉었던 게 아니라 물든 걸지도 모르겠다는 생각이 들었다.

"이런 짓을 매일 하나요?"

"네, 이게 오늘 우리의 역할이에요."

"역할이라니."

연서는 형운의 뒷모습을 보며 작은 목소리로 물었고, 형운은 돌아보지 않고 대답했다. 벽을 따라 걷는 사람은 넷이었다. 쓰러진 여자는 학교 안으로 들어갔고, 그건 역할을 다하지 못한 것이었다. 내일 다시 이

역할을 수행해야 할지도 몰랐다.

세상에서 학교만 조용한 이유, 그것은 매일 다섯 명의 역할이 있어서였다.

"이게 다 무슨 짓인 거예요?"

"우리가 0점이었나 보네요."

"네?"

"아까 본 칠판이요. 그건 점수표예요. 사람마다 점수를 매겨요. 보호소에서 역할을 잘 수행하는가, 그 역할이 얼마나 가치 있는가, 그런 것들을 따져서요."

"말도 안 돼."

"그런데 점수표의 의미는 점점 변질됐어요. 교장이 원하는 물건을 외부에서 가져다주는 사람, 자신에게 잘하는 사람, 그런 사람들은 높은 점수를 받고, 그렇지 않으면 낮은 점수를 받아요. 저번에 선우 이름 옆에 쓰여 있던 0이요, 그건 죽으라는 소리예요."

하얗게 빛이 바랜 얼굴, 그 얼굴에 0점이라는 점수가 매겨진 것이었다. 그건 곧 걷고 있는 네 명과 쓰러진 한 명의 미래일지도 몰랐다.

"선우요. 교장 말을 잘 안 들었거든요. 걔는 그래서 역할이 바뀐 거예요. 원래 역할을 그렇게나 잘 해냈는데 교장 마음에 안 들어서, 그래서 죽은 거예요."

형운은 슬며시 웃으며 말했다. 웃음이 나와요? 연서는 물었고, 그 말에 형운은 웃음을 거두고 아까처럼 손으로 얼굴을 여러 번 쓸어내렸다. 손짓 몇 번에 표정은 우는 것 같기도, 무표정인 것 같기도, 알 수 없는 표정이 생겼다가 사라졌다.

"이건 말도 안 돼요."

"그렇죠? 점수를 자기들 마음대로 바꿔요. 말이 되나요?"

"아니요. 점수요. 사람마다 점수를 매긴다는 거, 그게 말이 안 돼요."

형운은 말을 잇지 않았다. 그의 침묵이 연서의 말을 부정하는 건지, 그 말을 되돌아보는 건지 알 수 없었다. 그저 네 사람의 발걸음과 나란히 걷는 관리자들, 그리고 척, 척, 소리를 내며 끈적한 피가 식물과 맞닿는 소리만 남았다.

"똑같은 소리를 하네요."

"네?"

뒷모습에서 흘러나오는 목소리에 연서는 물었다.

"당신이요. 선우하고 똑같은 말을 해요."

형운의 말은 마치 경고처럼 들렸다. 그런 말을 한다면 당신의 얼굴도 창백해진 채 방수포에 덮여 영영 빛을 보지 못할 거라고 말하는 듯했다.

복도마다 거세게 문이 열렸다가 닫히는 소리가 울려 댔다. 쿵, 소리와 함께 누군가는 눈을 비비적거리며 무슨 일인지 알기 위해 문을 바라봤고, 누군가는 두 손으로 귀를 틀어막으며 조용히 좀 하라고 소리쳤다.

연서는 단오를 찾아야 했다. 침낭 안 얼굴들을 모조리 확인해야 했다. 불 꺼진 교실로 들어가 침낭의 지퍼를 열어 눈을 감은 얼굴을 하나씩 확인했다. 없으면 다시 밖으로 뛰쳐나가 쿵, 문을 닫고 다음 교실로 향했다.

쿵쿵대는 소리가 몇 번이나 났을까, 연서는 침낭 속 사람의 어깨를 잡고 흔들었다. 일어나, 영문을 모르는 눈을 마주할 때까지 흔들어 댔다.

"…무슨 일이에요? 지금 밤인데…"

"나가자. 우리 지금 나가야 돼."

다급해 보이는 연서의 모습에 단오는 부스럭대며 침낭 밖으로 나와 겉옷을 걸쳤다. 엄마, 나 잠깐 갔다

올게, 단오는 조용한 옆의 침낭을 향해 말하며 연서를 따라갔다.

두 사람은 계단을 올라 옥상으로 나갔다. 문을 열자 불어오는 바람에 연서는 휘청였다. 차갑게 가르는 바람 때문인지, 몸 안에서 빠져나간 것들 때문인지는 몰랐다.

"무슨 일 있어요?"

단오는 연서의 표정을 살폈지만, 어둠에 가려져 읽어 낼 수 없었다. 그저 옷 안으로 스며드는 바람이 차가워 옷을 움켜쥐었다.

"밖으로 나가야 해. 여기에 있으면, 안 돼."

바람을 따라 툭툭 끊기는 문장들이 연서의 입에서 나왔다. 온몸을 휘젓는 한기 때문인지, 수면 아래 감춰진 학교를 봐서인지, 연서의 이는 딱딱 소리를 내며 서로 부딪혔다. 부들부들 떨리는 몸을 어떻게든 붙잡고 싶었지만, 몸은 연서의 통제를 벗어난 마냥 마음대로 움직일 수 없었다.

"…이곳을요? 왜 나가야 하는 거예요?"

"여기 있으면, 결국 죽을 거야. 나도, 니도, 그리고 전부. 바깥에서 봤던, 사람을 죽이는 사람들. 그들과 똑

같아. 사람들의 피를 뽑아서 여기를 유지하고 있는 거라고."

연서의 머리는 회로가 엉킨 것처럼 하고 싶은 말이 엉망으로 튀어나왔다. 자신의 말이 단오에게 닿길 바랄 뿐이었다. 덜덜 떨리는 자신의 모습을 단오가 알아주길, 그것만을 바랐다.

연서는 학교 담벼락을 한 바퀴 돌며 조각들을 맞춰 보았다. 오로지 학교만이 유지하는 평화, 그것은 인위적인 조작에 불과했다. 학교를 운영하는 소수의 사람과 생활이 굴러가도록 유지하는 다수의 사람이 있었다. 그리고 가장 아래에 쓸모없음을 쓸모 있게 증명해야 하는 사람들. 그리고 그 쓸모 없음은 자신의 의지나 능력이 아닌 최상위자가 정했다.

그러니까 연서는 오늘 자신의 쓸모없음을 증명했다. 아마 교장이 보기에 연서의 쓸모가 다했기 때문이었다. 굳이 연서가 아니어도, 대체제가 있기에.

연서는 자신을 학교에 가둬 두는 것이 마지막까지 이해가 가지 않았다. 그러다 좀전의 일을 떠올리고 완성된 조각들을 바라볼 수 있었다.

양동이 속 다섯 사람의 피가 바닥났다. 담벼락 끝

에 서자 붙어 있던 식물들이 제각기 움직이기 시작했다. 그 식물들은 꿈틀대며 이동했다. 이동은 짧았다. 식물들은 자신들 가까이에 뿌려진 핏물에 이파리를 갖다 댔다. 어느새 핏자국은 가려지고 움직임은 멈췄다. 그렇게 하루 동안의 평화를 얻어 냈다.

연서의 쓸모가 생겼다. 밖으로 나가 버린다면 누군가 연서의 역할을 대신해야 했다. 연서는 연서만의 역할을 찾았다. 거기에 연서의 의지는 하나도 들어 있지 않았다. 그저 학교 안에서 고립되어 역할을 다하는 것, 그것만이 남았다.

“저는… 안 갈래요.”

“…뭐?”

“저는 여기가 좋아요. 엄마도 있고, 밖은 무서워요. 나가면 식물에 곧장 잡혀 버릴 것 같아요. 여기는 적어도 그런 걱정은 안 해도 되잖아요. 그냥 여기서 엄마랑 계속 있고 싶어요.”

두 사람의 대화는 끊겼다. 문을 여는 소리, 터벅터벅 조금씩 사라지는 소리 그리고 바람이 홀로 밤을 채워 넣는 소리만 남았다.

연서가 마지막까지 숨겨 둔 말이 있었다. 사라진

단오의 아빠는 아마 제 역할을 다한 것뿐이라는 것.

"몸은 괜찮아요?"

옥상에는 연서와 단오만 있는 것이 아니었다. 조명이 꺼진 어둠 아래에서 형운이 나타났다. 형운은 연서 앞으로 걸어 나왔다. 입고 있던 겉옷을 벗어 연서 어깨에 걸쳐 주었다. 떨리는 몸은 좀처럼 잦아들지 않았다.

"거절당하셨네요."

이어지는 형운의 말에 연서는 대답하지 않고 옥상 바닥에 앉았다. 도무지 일어설 기운이 없었다. 주저앉은 옆에 형운도 따라 앉았다.

"교무실에 있던 사람들. 그 사람들은 대체 어떻게 그런 역할을 부여받은 거죠?"

연서에게 몸이 괜찮은지, 거절을 당했다느니 같은 것은 중요하지 않았다. 그저 이곳에서 알아낼 수 있는 건 전부 캐내서 나갈 동력을 하나라도 더 얻는 것이 중요했다.

"이곳을 처음 만들 때 도움이 된 사람들이에요. 어떤 사람은 식물들을 이용하는 방법을 알아냈고, 어떤 사람은 초기에 사람들을 불러 모으는 데 큰 역할을 했어요. 다 그런 사람들이에요. 교장 마음에 든 사람들."

"… 그럼 당신은?"

"나는, 교장 아들이에요."

형운은 바지 주머니에 손을 넣었다. 아무래도 얇아진 옷에 추위를 참아 보려 했다. 그러나 덜덜 떨리는 것은 형운에게도 전염되었다. 추위를 이기지 못한 사람이 늘었다.

"당신은 죽지 않는 역할을 가지고 있네요."

"…죽이잖아요. 제가 다른 사람들을 죽이고 있잖아요."

형운은 고개를 저으며 말했다. 고개 젓는 것을 멈추지 않았다. 형운은 두 손으로 머리를 부여잡다가 스스로 뺨을 몇 차례 때리기도 했다. 정신을 차리라는 듯, 자신을 향해 말하는 것처럼 보였다.

연서는 자기가 덮은 옷이 제자리로 가야겠다고 생각했다. 고개를 숙인 형운의 등에 옷을 끌어 덮어 주었다. 어둠에 가려 잘 보이지는 않았다. 그러나 새어 나오는 울음이 더 가려지도록 넓었다.

"제가 왜 당신을 데려왔는지 아시죠? 사람 피가

필요하니까요. 저 식물들 하루 정도는 잠잠해져요. 사람들 피를 뽑아서 식물에 뿌리고, 하루 쉴 시간을 주면 사람도 회복하니까… 이게 낫다고 생각했어요. 다들 이게 맞다고 하니까요. 밖에 미친 놈들보단 낫다고. 그런데 이제는 모르겠어요. 이것도, 저것도 똑같이 미쳤어요. 정상인 척하는 거, 이젠 지겨워요."

형운에게 깔린 원망은 밤보다 짙었다. 원망은 누군가를 향하다가, 자신에게 돌아오기도 하고, 연서를 향하기도 하다, 다시 형운에게 돌아가기도 했다. 자신의 죄를 감추는 변명의 모습을 하기도, 누군가를 탓하는 뾰족한 감정으로 바뀌기도 했다.

"여기서 나가요."

"…나가면 뭐가 달라질까요? 난 사람들을 죽음으로 내몰았어요. 결국엔 선우를 죽인 것도 나예요. 선우를 죽였는데, 내가 살아도 될까요? 나간다고 살 수 있을까요? 살아야 할 의미가 있을까요? 밖에서 또 누구를 죽여야 하면 어떡해요. 그게 또 선우면 어떡해요. 선우는 여기서 저를 이해하는 유일한 사람이었는데… 근데 제가 죽였어요."

"벗어나요. 여기에 있으면 반복될 뿐이에요. 똑같

이 누군가는 죽고, 누군가는 죽음을 종용하는 굴레에서 벗어나지 못할 거예요. 알고 있잖아요.”

연서는 형운을 마주 보고 섰다. 형운은 고개를 들었다. 달빛도 빛나지 않는 어두운 밤색 눈동자에는 축축한 물기가 차올라 있었다. 눈동자 속 연서의 눈도 비슷한 모양새를 띠었다. 아, 연서가 말했다. 형운은 아, 입을 벌렸다. 아무런 저항 없이 아, 밤을 먹는 입이 열렸다.

연서는 주머니에서 바스락거리는 손톱만 한 것을 꺼냈다. 바스락, 바스락, 거친 소리가 주머니 밖으로, 어둠 속으로 나왔다. 분홍색 줄무늬가 그려진 봉지였다. 연서는 양손으로 봉지를 찢었다. 봉지 안에서 매끈한 구슬 같은 동그란 사탕이 나왔다. 반짝거릴 것 같았지만, 달빛이 무뎌져 무채색으로 보였다. 연서는 동그란 사탕을 집어 형운의 입에 넣어 주었다.

톡, 이에 닿는 청량한 소리가 났다. 형운은 입을 닫았다. 동그란 알이 이를 하나씩 부딪히며 굴러가는 소리가 들렸다.

“내 딸은 이걸 입에서 굴릴 때마다 웃었어요, 소리가 신기하다고.”

도로록, 도로록, 굴러가는 사탕 소리가 한참 동안 둘 사이를 채우는 피아노 소리 같았다. 그러니까 웃어요. 그리고 밖으로 나가요, 연서가 말했다.

어느덧 작아진 사탕만큼 소리도 줄어들었다.

다음날도 연서의 역할은 마찬가지였다. 어제와 똑같은 파란색 양동이 앞에 섰다. 형운은 없었다. 형운 대신 연서 옆에 선 사람은 단오의 엄마였다.

단오의 엄마는 양동이 옆에 선 사람이 말하기도 전에 팔을 내놓고 있었다. 익숙하다는 듯 행동했지만, 얇은 팔에 바늘이 들어갈 만한 구석이 보이지 않았다. 그러나 팔에 구멍을 내는 손짓엔 거침이 없었다. 뚫린 곳에서 피가 빠져나왔다.

어제와 다른 얼굴들과 연서는 나란히 서서 담벼락을 걸었다. 가장 앞에 있는 사람은 어제의 형운처럼 피를 뿌렸다. 담벼락 끝에 다다르면 꿈틀거리며 식사할 식물들을 위해 피를 바쳤다. 척, 척, 피가 벽에 닿는 소리는 하루의 평화를 내어 달라고 애원하는 인간들의 아우성처럼 들렸다.

연서는 다섯 명 중 가장 끝에 서 있었다. 옆에는

다섯 명을 감시하는 사람들이 나란히 걸었고 앞엔 단오의 엄마가 휘청이며 걸어갔다. 금방이라도 몸이 기울어질 것만 같아 연서는 손을 움찔거렸다. 단오의 엄마는 겉옷 주머니에 손을 넣었다. 그리고 다시 빼내어 뒷짐을 졌다. 연서는 느슨하게 쥔 주먹을 바라봤다. 주먹 사이에 하얗게 삐져나온 것이 있었다. 마치 자신에게 보내는 것 같았다. 연서는 옆의 관리자가 보지 않도록 커다랗게 기침을 하며 몸을 숙였고, 여자의 손에서 종이를 빼냈다.

역할이 끝나고 연서는 쪽지를 펼쳤다.

'요새 단오가 저와 떨어지지 않으려고 해서 이런 방법으로 전합니다. 단오를 밖으로 나가게 해 주세요. 이곳은 지옥입니다. 제발 밖으로 아이를 나가게 해 주세요.'

연서는 쪽지를 반으로 접어 찢었다. 수십 갈래로, 몇 번이고 찢어 냈다. 갈기갈기 찢어져 누구도 쪽지 내용을 알아볼 수 없도록 만들었다.

지옥. 시어머니와 같이 사라진 남자가 한 말이 떠올랐다. "바깥이 지옥인 게 아니라 사람이 지옥이에요." 이곳은 바깥보다도 더 치밀했다. 천국인 척 속여 대고 알아차려도 헤어 나갈 수 없는, 늪과 같은 지옥이었다.

형운이 지도를 가져왔다. 학교라서 철원으로 가는 길까지 상세하게 나와 있는 지도를 찾는 일은 쉬웠다고 했다.

"그런데 진짜인가요?"

"어떤 거요?"

"식물을 죽이는 방법이 있다는 말이요."

"네. 남편이 직접 말했어요. 해결할 방법이 있는데 연구소에 갇혀 있어서 나갈 수 없다고. 나중엔 변종이 생길 거라 빨리 와서 식물을 죽여야 한다고. 그러니까 구하러 오라고."

그 말에 형운은 주먹을 꾹 쥐었다.

"그런 게 있다는 걸 미리 알았다면 저는…"

형운은 자신이 벌인 일들에 괴로워했다. 자책에 물들었다. 연서는 찢어진 지도를 주머니에 넣었다. 그러나 빈손으로 형운의 등을 두드리며 위로하는 행동은 하지 않았다. 그가 온전히 짊어져야 했다. 누군가의 죽음을 위로로 대신할 수 없었다. 죽은 자는 위로받을 수 없었다.

나가서 더 괴로워해요, 연서는 말했다. 학교를 떠나야 했다.

연서와 단오, 그리고 단오의 엄마와 형운이 오늘 하위자가 되어 피를 뽑힐 것이라고 했다. 자신이 인위적으로 점수를 조작할 거라고. 넷은 학교를 탈출할 것이었다.

그러나 바깥에 선 것은 연서와 단오의 엄마, 그리고 다른 이들이었다. 형운도 단오도 나오지 못했다. 연서는 다급해졌다. 철원까지는 혼자서라도 간다 해도, 학원까지 가는 길은 식물이 자란 뒤 근처를 쏘다녀 본 형운만이 알고 있었다. 연서 혼자서는 식물을 피해 학원까지 가는 길을 알 수 없었다. 그저 다시 피를 뽑아야 했다.

눈앞이 빙그르르 돌아가는 것처럼 보였다. 3일 연속으로 연서의 팔에서는 피가 뽑혔다. 팔에는 피가 굳어 아물지 않은, 동그란 자국들이 선명했다. 연서의 팔을 쥔 사람은 그 옆으로 바늘을 찔러 넣었다. 그렇게 빠져나갔는데도, 살아야 한다고 발버둥 치듯 심장은 연서를 살리기 위해 피를 만들어 냈다.

퍽 소리와 함께 단오의 엄마가 쓰러졌다. 팔에 걸린 주머니엔 피가 반도 차지 않았다. 팔을 쥔 사람은 그런 상황은 신경 쓰지 않는다는 듯 바늘을 빼내어 바로 옆에 찔러 넣었다. 바늘을 따라 주머니 속으로 똑, 똑 하고 한 방울씩 피가 떨어져 나왔다. 주머니를 바라보던 사람은 단오 엄마의 가슴 쪽에 손을 갖다 댔다. 그러다 고개를 숙여 입과 코 근처에 볼을 갖다 댔다. 손을 들어 뺨을 몇 번이나 치더니 죽었네, 라며 일어났다.

"죽었다뇨? 그게 무슨 말이에요?"

연서는 일어선 사람을 향해 물었다.

"이분이 죽어서 여러분이 조금 더 피를 뽑아야 합니다."

그 말에 연서처럼 피를 뽑고 있던 나머지 셋은 소리를 질러 댔다. 그러다 욕설까지 내뱉으며 분노를 표출했다.

연서는 어지러워져 눈을 끔뻑이며 자리에 주저앉았다. 두 손으로 땅을 더듬었다. 바닥을 만질 때마다 덜렁거리는 바늘과 피가 담긴 주머니 때문에 팔을 쿡쿡 찌르는 감촉이 더욱 거세졌다. 그러나 연서는 멈추지 않았다.

물컹한 느낌이 들었고, 연서는 온기가 남아 있는 여자를 발견했다. 살릴 수 있다, 연서는 멈춘 심장에 생명을 불어넣기 위해 두 팔을 움직였다. 규칙적으로 퍽, 퍽 소리를 냈다. 그 뒤로 사람들의 괴성이 배경처럼 남았다.

연서는 뒤로 밀려났다. 죽었어! 저 사람은 이미 죽었다고! 한 남자가 두 눈을 부릅뜨고 연서의 어깨를 두 손으로 붙잡았다. 살릴 수 있어요, 연서는 앞으로 몸을 기울이려 했지만, 붙잡힌 어깨 탓에 나아갈 수 없었다.

피가 쏟아졌다. 양동이는 중심을 잃었고 내용물이 모두 쏟아져 통통, 아무것도 남지 않은 가벼운 소리를 내며 바닥을 굴렀다. 양동이를 걷어찬 다른 남자는 하하하하하, 미친 듯이 웃었다. 덜렁거리던 바늘을 빼서 주머니를 던져 버렸다. 주머니 안에 고여 있던 피는 양동이를 지키던 관리자의 얼굴을 적셨다. 관리자는 두 손으로 얼굴을 비비더니, 손에 묻은 피를 보고 아까 세 사람처럼 소리를 질렀다.

연서를 붙잡았던 남자는 어느새 관리자에게 다가

갔다. 피를 씻어 내기 위해 학교 안으로 들어가려던 관리자를 붙잡았고, 관리자는 발버둥을 치다 마음대로 되지 않자 울어 대기 시작했다. 저 좀 놔주세요, 우리 다 죽어요, 외치는 목소리는 양동이에 피를 채워 넣어야 한다고 무심하게 말하던 때와는 전혀 달랐다. 그는 가장 바닥에서 애원했다.

누군가는 웃고, 누군가는 울고, 정제되지 않은 것들이 뒤섞인 혼란스러운 공간에서 연서는 홀로 누군가의 죽음을 맞았다. 죽어 버린 손을 붙들자 힘없이 휘청거리는 팔은 거실에서 붙잡았던 덜렁거리는 시어머니의 팔과 똑같았다. 다들 그만 좀 해요, 사람이 죽었잖아요… 연서는 중얼거렸지만 아무도 듣지 못했다.

옆에서 지켜보던 남은 관리자 몇은 도로를 넘어 도망쳤다. 그러나 아악, 비명과 함께 건너편 담벼락에 붙어 있던 식물에 붙잡혔다. 그대로 벽에 달라붙어 도와 달란 말을 내뱉었지만, 피가 뽑히던 사람들은 손가락질하며 웃어 댔다. 마치 피라미드 상단에 올라간 듯 행동했다. 그러고는 도망치지 못한 관리자들을 붙잡았다. 벌벌 떨며 굳어 버린 관리자들의 얼굴을 피가 묻은 손으로 문질렀다. 붉게 변해 가는 얼굴에 눈물이 주르륵 흘렀지만, 씻겨 내려가지 않았다.

둔탁한 소리와 함께 비명이 들렸다. 연서가 고개를 들어 보니, 한 관리자가 담벼락에 붙은 식물에 부딪혀 그대로 주저앉았다.

바람이 불지 않았다.

그런데 담벼락에 붙은 식물이 움직였다. 배고픔에 깨어난 듯 식물은 꿈틀꿈틀 움직이기 시작했다. 가장 가까운 먹이를 찾았다는 듯 관리자의 등을 감싸고, 얼굴을 감싸고, 모든 것은 거센 비명과 함께 사라졌다.

아아아아악, 여기저기서 비명이 울렸다. 연서 앞에 보이는 사람들, 인도 위에 고인 핏물, 그것들을 따라 식물은 움직였다.

"안 돼. 다들 도망가요. 당장 도망가요!"

연서는 외쳤지만, 식물과 가까이 서 있던 사람들은 몸 한쪽을 내준 뒤였다. 연서는 손에 쥔 팔을 당겼다. 닿지 말라고, 눈앞의 사람만큼은 지켜 내고 싶었다. 그러나 연서의 마음과는 다르게 아무리 힘껏 당겨도 시체는 너무나도 더디게 끌려 왔다. 땅을 쓸면서 흔들거리는 시체는 자꾸만 손에서 미끄러졌다.

온 힘을 다해 당겼고, 어느 순간 끌려오지 않는다

는 생각이 들어 여자를 바라봤을 때는 얼굴에 이미 식물이 붙어 있었다. 식물은 연서가 당기는 속도보다 빠르게 여자를 침범해 갔다.

깨어나기 시작했다. 담벼락에 붙어 있던 초록 잎들은 일제히 꿈틀댔다. 배가 곯은 것들은 주변의 식량을 찾기 시작했고, 더 이상 없다는 것을 깨닫자 방향을 바꾸었다. 안으로, 더 안으로, 모여 있는 먹이를 향해서 식물들은 제각기 움직였다. 담을 타고 넘어 운동장 안으로, 또 학교 안으로 향할 것이었다. 마치 먹어 달라고 하듯, 그릇에 잘 담긴 음식처럼 학교 안 사람들은 스스로 먹이가 되길 자처한 것처럼 보였다.

담벼락을 넘어 자지러지는 비명이 들렸다. 수십 명의 비명이 뒤섞였고, 연서는 그 소리와 함께 담벼락을 덮고 있던 식물들이 모조리 사라졌다는 사실을 발견했다. 숨이 멎는 것만 같았다. 학교 안은 곧 죽음이 도래할 것이었다. 사람들을 밖으로 대피시켜야 했다. 그 안에서 엄마를 찾고 있을 단오도 구해 와야 했다.

"엄마! 엄마!"

익숙한 목소리에 연서는 고개를 돌렸다. 두툼한 옷을 껴입은 단오가 형운의 손을 잡고 뛰어오고 있었다. 가방을 멘 두 사람은 두리번거리며 단오의 엄마를 찾고 있었다. 연서는 그 모습을 보고서도 신호를 보낼 수 없었다. 마주해야 할 단오의 표정이 두려웠다.

"엄마?"

어느새 다가온 단오는 연서의 손을 바라보다 얼굴이 사라진 여자로 시선을 옮겼다. 여자의 얼굴 위에는 잎이 덮여 있었다. 스멀스멀 기어 여자를 점차 덮어 가는 식물들과 덮이지 않아 훤히 드러난 여자의 몸을 보고 단오는 단번에 알았다. 엄마임을.

"안 돼요, 우리 엄마 죽으면 안 돼요."

단오는 몸을 던져 엄마를 꺼내려고 했다. 달라붙은 식물을 떼어 내기 위해 양손을 뻗었다. 그러나 닿지 못했다. 등 뒤에서 형운이 단오를 붙잡고 있었다.

"우리 가야 해. 이러고 있으면 안 돼."

"엄마도 데려가야 해요. 안 돼요. 엄마 데려갈 수 있잖아요."

단오는 계속해서 발버둥을 쳤다. 형운은 그런 단오를 부여잡고 다가가지 못하게 했다. 연서는 잡은 손을 놓아야 했다. 어느새 손등까지 기어 온 식물들이 연서에게 닿기 직전이었다. 연서는 고개를 돌려 단오를 보았다. 얼굴은 온통 축축해져 엉망이었다. 두 눈은 연서를 향해 묻고 있었다. 엄마는 괜찮다고 말해 달라고. 연서는 손을 놓았다. 바닥으로 떨어진 팔은 돌덩이가 내려앉는 것처럼 딱딱한 소리를 냈다.

연서는 한 발짝씩 단오를 향해 걸었다. 단오의 몸부림은 점차 잦아들었다. 한 걸음씩 가까워질 때마다 받아들여야 한다고 말했다. 받아들여야 한다, 되돌릴 수 없다, 눈동자를 통해 들려오는 음성을 단오는 받아들일 수 없어 두 손으로 얼굴을 가리고 울었다.

"가자. 이제 정말 나가자."

연서는 그런 단오를 안고 말했다.

형운은 손전등으로 길을 비추며 학원으로 가는 길을 찾았다. 식물이 앞을 가로막으면 다른 길을 비추어 방향을 돌렸다. 여전히 눈을 비비고 있는 단오와 그런 단오의 한쪽 손을 쥔 연서가 뒤따랐다.

"저기가 맞나요?"

형운이 돌아보며 물었고, 연서는 손전등이 비춘 곳을 바라본 뒤 고개를 끄덕였다. 바지 주머니에서 오랫동안 머물러 있던 차 키를 꺼냈다. 멀리 돌아왔구나,

생각하며 떠나왔던 학원으로 발걸음을 재촉했다.

노란 봉고차에 세 사람이 메고 있던 가방을 밀어 넣고 연서는 운전석에 앉았다. 오래 방치되어 차 내부는 바깥만큼이나 추웠다. 시동을 걸고 히터를 틀었다. 차가운 바람이 불어왔지만 조금 기다리면 따뜻해질 것이었다.

형운은 연서 뒷자리에 앉아 지도를 펼쳐 철원까지 가는 길을 안내했다. 지도 안의 길은 어딘가로 이어져 있었지만, 읽어 내지 못한다면 미로처럼 느껴지기도 했다. 형운은 나름대로 미로의 출구를 발견해 내려고 했고, 연서는 형운의 말과 도로 위 초록색 표지판을 보며 길을 찾았다.

"네 잘못이 아니야."

창에 기대어 밖을 바라보는 단오의 얼굴엔 물기가 묻어 있었고, 연서는 그 모습을 보며 말했다. 세 사람의 자책과 후회가 뒤섞인 차 안에서 연서는 말해야 했다. 그건 우리 잘못이 아니라고.

철원으로 가는 건 생각보다 쉽지 않았다. 엉킨 식물들이 비대해져 도로를 가로막아 앞으로 나아갈 수 없기도 했고, 표지판을 보고 짐작으로 가는 길에는 확신이 없었다. 돌아가는 길도, 곧바로 가는 길도 엉망처럼 느껴지곤 했지만, 그 누구도 부정의 말을 꺼내지 않았다. 그건 곧 사실이 될 것만 같았기 때문이었다.

"엄마 말을 들었어야 했는데…"

단오는 가끔 중얼거렸고, 연서는 그럴 때마다 손을 쥐어 단오의 떨림을 느꼈다. 세 사람은 그날에서 벗어나려고 했지만 여전히 벗어나지 못했고, 벗어난 듯 싶다가도 돌아가곤 했다. 그날을 손에 쥐고 있었다. 버리지 않고, 못 본 척하지 않고, 그것마저 자신의 것인 듯 움켜잡았다.

"철원이야."

식물들을 피해 길을 헤매다 보니, 어느새 '철원'이라고 커다랗게 쓰여 있는 톨게이트 앞에 섰다. 고속도로에는 몇 대의 차가 방향을 잃은 채 서 있었고, 깨진 창문과 빈 운전대만 남아 있었다.

"그런데 이것들 좀 느려진 것 같지 않아요?"

형운이 말했다. 도로 위를 막고 있던 식물은 며칠 전까지 차에 들러붙기도 했다. 앞이 보이지 않아 당황하기도 했다. 와이퍼를 몇 번이고 움직여 떼어 낸 적도 있었다.

그런데 지금 눈앞에 서로 엉겨 커다래진 식물은 타이어로 짓누르면 그대로 납작해져 도로 위에 달라붙을 것 같았다. 차가 와도 피하지 못할 것 같았다.

조수석에 앉은 단오는 창문을 내리고 고개를 밖으로 빼서 도로 위를 바라봤다. 정말 느려졌어요, 단오가 말했다. 연서는 도로 앞 담쟁이를 피하지 않기로 했다. 속도를 올렸다. 엔진 소리가 커지고 움켜쥔 운전대가 축축해졌다. 간다, 연서는 말했다. 세 사람의 입에는 침이 고여 커다란 웅덩이를 만들었다. 웅덩이를 지나친 듯, 차가 한번 들썩였다. 그것뿐, 아무런 일도 일어나지 않았다. 납작해진 더미가 백미러로 보였다.

연서는 형운이 건네준 지도를 한 번 보고 건물 앞에 붙어 있는 글자를 보았다. 단오도 고개를 내밀고 연서가 보던 두 곳을 번갈아 확인했다.

"맞아요, 여기."

셋은 차에서 내려 건물로 다가갔다. 건물은 식물에 둘러싸여 있었다. 조금 다른 점이 있다면, 식물이 색을 잃었다. 붙어 있는 잎들이 노랗게 변해 있었다. 노란 잎이 바람에 살랑거렸고, 금방이라도 떨어질 것 같았다.

연서는 노란 잎 가까이 다가갔다. 휘익 세게 불어오는 바람에 몇몇 잎이 떨어져 연서 앞에 흩날렸다.

“장갑 챙겨 왔나?”

연서의 말에 형운이 차로 달려가 목장갑을 가져왔다. 세 사람은 입구로 보이는 문을 향해 걸었고 일제히 장갑을 꼈다. 괜찮을까, 라는 말은 아무도 하지 않았다. 아무런 말도 하지 않고 손을 들었다. 문에 덕지덕지 붙어 있는 가지에 손을 뻗었고, 뜯어냈다. 투두둑, 세 사람의 손짓에 문을 막고 있던 식물들은 힘없이 떨어졌다.

연서는 고개를 들어 숨을 크게 들이마셨다. 몸 안으로 깊이 파고드는 공기에는 초록색 향이 배어 있었다. 언젠가 갔던 산의 정상에서 들이마시는 공기 같았다. 높이 올라와 마시는 공기는 다르다며, 몇 번이고 커다란 숨을 내쉬었다. 밑에는 이런 공기가 없다고, 필요하지도 않은데 들이마시고, 또 들이마셨다. 그럴 때마다 바뀌는 공기가 몸 안쪽 깊숙이 묵은 것을 게워 내는 것 같아서 내려갈 때까지 정상의 산소를 모두 가져

가겠다는 마음으로 숨을 내쉬고 들이마셨다. 그곳에 다시 온 것 같았다. 산 정상에, 묵은 것이 사라질 수 있는 곳에, 몇 번이고 숨을 골라야 하는 곳에 도착한 기분이었다. 끼이익, 소리를 내며 열리는 문 앞은 산 아래와 다른 공기가 넘실댔다.

"들어갈까요?"

형운이 물었다. 아니, 잠시만 있어 보자. 연서는 숨을 들이마셨다.

"…누구야. 거기 밖에 누구시죠? 저, 저 구하러 온 거죠?"

연서는 열린 문틈 사이로 들리는 목소리에 시선을 고정했다.

"하윤 엄마야? 당신 맞아? 나 구하러 왔어?"

목을 빼꼼 내민 사람은 남편, 현우였다. 사건이 터지고 계속 갇혀 있었던 사람이라고 보기에는 상당히 멀끔했다. 안에 시설이 잘 마련되어 있었는지, 현우의 모습은 예상과 달랐다. 덥수룩하지만 정돈된 머리카락, 잘 다려진 듯 빳빳하고 새하얀 실험복까지. 살이 많이 빠졌을 뿐 세상의 타격은 하나도 받지 않은 모습이었다. 엉망이 된 세상의 충격은 오로지 세 사람의 것이었다.

현우는 멀리 보이는 연서의 모습에 의심을 거두고 한 걸음씩 문을 넘어왔다. 당신, 역시 올 줄 알았어, 내 말은 들어주는구나, 먹을 건 어디 있어, 세상 사정은 하나도 모르는 듯한 말을 해 대며 걸어 나왔다. 연서의 얼굴엔 아무런 표정이 없었다.

"식물을 죽인다며. 그건 어딨어?"

"먹을 거, 먹을 걸 먼저 줘."

"먼저 대답해. 어딨어?"

열린 연구소 문 안쪽에는 현우를 제외한 사람들의 흔적은 느낄 수 없었다. 아마 사태가 시작되자 사람들은 도망을 갔을 것이다. 겁이 많던 현우는 홀로 남아 기다린 게 분명했다. 세 사람이 찾아오기를.

현우는 연서의 말이 들리지 않는지, 먹을 걸 달라고만 외쳐 댔다. 단오는 그 모습을 보고 메고 있던 가방을 현우 앞에 놓았다. 현우는 주저앉아 허겁지겁 가방을 열고 안에 있던 검은 봉투를 풀었다. 그러자 안에서 빨간 사과들이 통통 소리를 내며 땅바닥으로 쏟아졌다. 몇 개는 썩어 가는지 거뭇한 부분이 사과를 먹어 들어갔다. 현우는 가장 깨끗한 사과를 집어 소매로 몇 번 닦고 입으로 갖다 댔다. 아삭 소리와 함께 현우의 입가에 과육이 줄줄 흘렀지만, 현우는 아랑곳하지 않고 사과를 먹었다.

"어딨어?"

현우는 앙상한 사과 씨를 바깥에 던지며 연서를 바라봤다.

"…없어. 그런 거 없어."

현우의 말에 서 있던 세 사람은 일제히 인상을 찡그렸다. 거짓말하지 말라며 되묻기도 하고 헛웃음을 짓기도 했다.

"변종이 생길 거라고 했던 건?"

"…나도 몰라, 그런 거. 난 그냥… 이렇게 안 하면 당신이 안 올까 봐… 사람들 다 도망가서 나밖에 없었어. 먹을 것도 별로 없었다고. 그래서 거짓말한 것뿐이야. 배고파서 나중에 나가려고 하니까 문도 안 열리고… 안 왔을 거잖아, 당신. 그렇지?"

현우는 그런 뒤 사과 하나를 더 집어 베어 물었다. 웃음소리가 들렸다. 현우가 내는 아삭아삭 소리를 웃음소리가 메웠다. 연서의 눈은 하나도 웃고 있지 않았지만, 그래도 웃었다. 거짓말이라고 외치고 싶었다. 남편을 믿었던 순간들이 모조리 부서져 버렸다. 눈앞의 남편이 너무나도 미웠다. 서걱거리는 소리를 내며 썩은 사과를 먹고 있는 남편의 존재를 지워 버리고 싶었다. 모든 것들을 헤치고 온 노력이 전부 사라지는 것만 같았다. 연서는 자꾸만 웃음이 나왔다. 웃어 버리면 모두 거짓말이라고 할 것 같았는데, 똑같았다. 여전히 똑같은 사과 소리가 났고, 차가운 바람이 불었다.

주머니를 뒤졌다. 손에 잡히는 것을 꺼냈다. 찰랑거렸다. 연서는 그것을 뜯었다. 쪼그려 앉아 시어머니가 전해 준 사과에 정신이 팔린 남편을 향해 찰랑거리는 액체를 던졌다. 자신의 붉은 피가 담긴 주머니가 날아가 남편의 얼굴을 적셨다. 빨간 사과 위로 뚝뚝 떨어지는 핏방울은 사과와 같은 색이었다. 계속 사과를 씹는 소리가 났고, 세 사람은 뒤를 돌았다.

시어머니의 사과를 전달했다. 그걸로 끝이었다.

"달이 요새 안 보이네요."

"구름이 걷히질 않나 보네."

형운이 하늘을 올려다보며 말했다. 달빛은 뿌옇게 보여 위치만 짐작할 수 있었다. 구름에 가린 달빛은 세 사람이 달리는 도로를 비추지 못했다. 그저 새까만 어둠만이 도로의 끝을 짧게 만들었다.

가야 할 곳을 몰랐다. 가고 싶은 곳이 있는지 서로 물었지만, 세 사람 모두 마땅한 대답을 찾지 못해 도로 위를 떠돌았다.

가끔 도로에 서서 차에 기름을 채워 넣었다. 음식도, 물도, 기름도, 중간에 들르는 곳마다 채웠고, 다시 바닥을 드러냈다. 모두가 사실을 알고 있었지만, 누구 하나 결말에 대해 말을 꺼내지 않았다. 미래는 캄캄해 보였으니, 세 사람 모두 보이지 않는 것을 말하는 게 쉽지 않았다.

"…딸이 죽고 나서 나는 아무것도 못 했거든. 연주는 물론이고 집안일도, 생활을 유지할 어떤 것도 할 수 없었어. 죽은 건 딸이었는데, 그때 나도 죽은 거나 마찬가지였어."

곤충 소리 하나 들리지 않는 정적이 깔린 새벽 속, 멈춘 도로 위에서 연서가 말했다. 창문에 비친 얼굴이 언젠가 마주친 적이 있던 자신의 표정과 닮아 가고 있었다. 아마 두 사람도 자신과 닮은 표정을 짓고, 아무런 희망을 보지 못한 채 비관하고 있을 것이었다. 그때의 자신처럼.

"내가 유일하게 할 수 있었던 건 창문을 열어 두는 거였어. 그러고는 누워서 창문 사이로 흘러 들어오는 소리를 듣는 거야. 그럼 얼굴도 모르는 사람들의 대화, 어딘지 모르는 곳에서 흘러나오는 악기 소리, 산책 중인 개가 짖는 소리… 그런 게 들리거든. 그걸 듣고 있으면 세상은 굴러가는구나. 한 명이 사라져도 세상은 참 잘 굴러가는구나. 남들은 내 딸이 죽은 것도 모르고 살아가고 있구나. 그런 생각이 들었어. 그러다가 결국엔 그럼 나는, 그런 질문을 하게 돼. 나는 어떻게 해야 하나."

"… 그래서 결국엔 어떻게 했어요?"

형운이 물었다. 머리를 창에 기대고 연서의 목소리를 듣던 형운은 눈을 감고 학교에 두고 온 것들을 떠올렸다. 잃어버린 것들이 너무 많았다. 그건 연서도, 단오도 마찬가지였다.

"결국엔, 글쎄… 살아졌어. 이렇게 살아 있어."

연서는 창문에 비친 자신의 표정이 조금씩 바뀌는 것을 바라봤다. 살아 있는 자신이었다. 결국에 살아난 자신의 표정에서 절망이 점차 옅어졌다.

"그런 소리를 들려주세요."

형운의 말에 잠자코 듣고 있던 단오는 피아노, 세 글자를 말했다.

"피아노 연주 들려주기로 했잖아요."

"…해가 뜨면 피아노가 있는 곳을 찾아보자."

단오의 말에 연서는 생각에 잠겼다가 대답했다. 어쩌면 마지막 목적지일지도 모르는 곳을 향해 가기로 했다.

긴 고속도로 위를 달렸다. 도로는 종종 텅 비어 있었고, 가끔 도로 위의 법을 잊어버린 듯 어지럽게 늘어선 차들이 존재하기도 했다.

도로 옆에 달린 초록색 표지판이 반쯤 부서져 달랑거렸다. 바람이 부는지 스산하게 춤을 추는 나뭇가지가 보였다. 살피지 못한 날들이 이제야 보였다. 도로 옆, 초록 숲이었을 곳은 어느새 계절을 맞아 갈색으로 변한 잎이 대부분 떨어져 앙상해 보였다.

연서가 달리는 도로 위 식물에 돋아난 잎사귀도 어느새 울긋불긋하거나 이미 갈색으로 변해 손가락으로 누르면 바삭 소리를 내며 부서질 것 같았다. 이제 정말 겨울이구나, 백미러로 보이는 두 사람은 서로의 어깨와 머리에 기댄 채 자고 있었다. 햇볕 하나 들지 않는 어두운 낮에 연서는 엇박자를 이루는 두 숨소리를 들으며 도로 위를 달렸다.

바퀴가 짓밟고 가는 길은 귀를 기울이면 바스락, 바스락 소리가 날 거라고 생각했다. 바스락, 죽어 가는 소리는 아무런 일도 아닌 듯 명랑하게 들릴 것 같았다.

표지판을 보는 일도 어느덧 익숙해졌다. 연서는 철원에 갔던 것과는 다르게 단번에 서울로 가는 길을 찾았다. 예상하지 못했던 일들이 벌어질까, 주유소가 보일 때면 휘발유를 채웠다. 가득 찬 눈금이 보이면 처음으로 돌아가는 것만 같았다. 형운을 모르고, 단오를 모르고, 하윤이 보이고, 현우가 존재하고, 모든 것들이 원점인 상태. 그때가 되는 것만 같았다.

연서는 휘발유가 반만 찰 때까지 넣었다. 반만큼만 차오르라고, 그만큼만 넣었다. 그러니 생각나지 않았다. 아무것도 떠오르지 않았다. 거울에 두 개의 얼굴이 보일 때만, 생각났다. 아, 그들이 있구나. 숨소리가 닿을 때만 생각났다. 그들과 같이 있구나. 그래서 연서는 다음 주유소에서 멈췄다. 그리고 가득 채웠다. 기억이 안 나서. 하윤이 떠오르지 않아서.

하윤이 떠오르고 현우가 떠올랐다. 뒤의 기억을 지우고 싶었지만, 하나가 떠오르면 덩달아 올라오는 기억은 떨어질 수 없는 것 같았다. 연서는 식물 속에 묻어 두고 온 기억을 끄집어내야 했다. 두고 온 것을 결국 손을 뻗어 쥐었다. 손바닥이 따끔거려 놓아 버리고 싶었지만, 품에 쥔 모든 것을 떨어트릴 것만 같아 파고들어 피가 날 때까지 쥐었다. 상처가 나라고, 흉터로 남으라고, 꾹 쥐었다.

"여기 어디예요?"

눈을 비비며 감은 눈을 뜨려고 애쓰는 단오가 거울에 보였다.

"거의 다 왔어. 조금만 기다려."

"…서울이에요?"

어깨에 기댄 채 자고 있던 단오가 부스럭대자 형운도 잠에서 깨 창밖을 보며 물었다. 서울 한복판은 혼란 속이었다. 주인을 잃은 자동차가 널브러져 있었다. 도로며, 인도며, 심지어 유리창을 뚫고 건물 안으로 들어간 차들, 언젠가 그 위에서 연기가 퐁퐁 올라왔을 것이다. 세 사람은 차 안에서 허망한 광경을 마주하며 어떤 일이 벌어졌는지 상상하지 않아도 보이는 듯했다. 질서를 잃은 차는 서로 부딪히고, 찌그러지고, 연기가 나고, 그런 상황에서도 자신이 앞서야 했고… 모든 것들이 눈앞에 펼쳐져 있었다.

운전석과 안에 있던 사람들 모두 창틈 사이를 비집고 들어온 식물에 덮여 있었다. 사람도 차도, 모든 것이 덮인 세상이었다. 예전과는 다르게 초록색이 아닌 갈색이었다. 바스러질 갈색. 그곳을 차를 타고 전진하는 건 무리였다. 내리자, 연서가 말했고, 셋은 문을 열고 바스락, 소리를 들었다.

"조금만 걸어가면 될 거야."

변해 버린 거리가 낯설었다. 처음 오는 여행지처럼 두리번거려야 했다. 언젠가 연서의 발자국이 닿았던 곳들은 전부 식물의 손아귀에 넘어갔다.

꺼림칙한지 잎사귀를 피해 걸어가던 단오는 어느새 익숙해졌는지 일부러 잎사귀가 많은 곳을 향해 걸었다. 바스락, 바스락, 단오가 지나가는 거리마다 부서지는 소리가 났다.

"이것들 이제 움직임이 줄었네요."

형운도 다가오는 잎사귀를 툭 차며 말했다.

"이것도 죽는 건가."

연서는 외투 지퍼를 올려 잠갔다. 학교를 떠날 때 형운이 챙겼던 옷가지 중 두툼한 것을 골라 입었다. 하, 하고 내뿜으면 숨이 떠다니는 게 보이는 날씨가 되었다. 연서는 손을 주머니에 넣었다. 오른손에 깔끄러운 무언가가 만져졌다. 주머니 밖으로 빼내서 무엇인지 확인하고 싶었지만, 손이 시려 한참이고 까칠한 것을 손끝으로 굴려 댔다.

"저기야."

연서는 두 사람과 눈을 마주치고 고개를 돌려 건물 쪽으로 시선을 옮겼다. 수십 개의 계단 끝에 3층짜리 건물이 보였다. 진짜 많다, 단오는 이렇게 말하며 계단에 붙어 있는 잎사귀들을 밟으며 올라갔다. 연서와 형운은 단오가 오른 계단을 따라 올랐다.

계단 한 칸마다 기억들이 튀어 오르는 것 같았다. 하윤이 죽은 날 이후로 들른 적이 없던 공연장이었다. 심지어 알지도 못했던 두 사람과, 이런 상황에서 다시 올 줄은 몰랐다. 예상대로 되는 건 하나도 없다고, 단오 옆에 서자 그런 생각이 들었다.

들어가자, 연서가 말했고 셋은 건물로 향했다.

문 앞에 섰다. 소리가 하나도 새어 나오지 않을 것 같은 푹신푹신하게 튀어나온 문이었다. 단오는 손가락으로 그 위를 꾹꾹 눌러 댔다. 손가락 자국이 동그랗게 들어갔다, 아무 일도 없었다는 듯 다시 돌아왔다.

손잡이를 쥐었다. 차가운 계절이 손안에 들어왔다. 그날도 추웠는데, 하얀 드레스를 입고 울지도 못한 채 아무 일 없던 척 문밖으로 걸어 나왔던 그날이 손잡이를 타고 나타났다.

"들어가요."

문고리를 쥐고 머뭇거리는 연서 옆에서 두 사람은 반대편 문을 열었다. 열린 문 사이를 형운은 손으로 가리켰고, 단오는 연서보다 먼저 들어갔다. 연서도 그제야 문고리에서 손을 떼고 걸어 들어갔다.

빛 한 점 들어오지 않는 곳은 깜깜했다. 형운은 가방을 열어 손전등을 꺼내 앞길을 비췄다. 비추는 곳에는 피아노가 있었다.

불은 안 켜질 테고, 형운은 중얼거리더니 피아노 가까이 다가갔다. 잠시만요, 하더니 피아노 의자 위로 올라섰다. 올라선 형운은 거의 천장에 닿을 것 같았다. 형운은 손을 뻗어 기다란 커튼 봉을 집었다.

"끈 같은 거 있어요?"

"저 있어요."

단오는 손을 들고 말하더니, 곧장 무릎을 굽혀 신발 끈을 풀기 시작했다. 보이지 않는 손은 사사삭거리는 소리를 내며 어느새 끈을 풀어 형운에게 건넸다. 절뚝거리는 단오의 한쪽 신발은 헐렁거려 신발로 기능을 잃었다.

됐다, 형운은 쿵 의자에서 뛰어내렸다. 엉성한 끈에 달린 손전등 아래로 피아노가 빛났다. 두 사람은 연서에게 박수를 보냈다. 빨리요, 멀뚱히 서 있는 연서를 향해 두 사람은 의자를 놔두고 바닥에 앉아 어린애들처럼 보챘다.

연서는 의자에 앉아 피아노 건반 뚜껑을 열었다. 은은하게 빛나는 조명은 그날의 조명과 달랐다. 커다랗고 헐렁이는 옷도 분명 그날과 달랐다. 몇 년이 흐른 뒤 치는 곡도 손가락도 달랐다. 그러나 자신은 같았다. 그때의 자신과 같았다.

손끝에 건반이 닿았다. 노랗게 변해 버린 건반을 눌렀다. 연서는 무거워진 손을 움직였다. 그때는 분명 더 잘 쳤을 텐데, 싶어 웃음이 났다. 그런 게 무슨 상관인가. 지나가 버렸다. 모든 게 사라졌고, 이젠 끝이 났다. 4분이 채 안 되는 시간 동안 기억을 더듬어 건반을 눌렀다. 강렬한 음계들이 공간을 장악하다가도 이상한 음계들이 툭툭 튀어나왔다. 그때라면 이런 실수는 하지 않았을 텐데, 그렇지만 그런 건 이제 상관이 없었다. 마지막 건반을 눌렀고 연서는 잠시 떠오른 기억을 곱씹었다. 쓴맛도, 떫은맛도, 아무런 맛도 느껴지지 않았다.

몇 번을 틀렸는지 몰랐다. 괴상한 화음이 들렸던 것 같기도, 이렇게 끝났던 게 맞나 싶기도 했다. 그래도 끝을 냈다. 모든 게 끝났다. 두 개의 박수 소리가 들리고 연서도 그 위에 자신의 박수를 얹었다. 끝났다.

피아노 소리는 사라지고 정적만 남았다. 잔뜩 엉켜 버린 〈겨울바람〉이 지금과 어울린다고 생각했다. 엉켜 버린 바깥과 엉켜 버린 〈겨울바람〉, 아무렇지 않은 듯 행동하다 다시 바깥이 생각났다. 세 사람은 각자의 상실을 잊었다가 다시 떠올렸다.

형운은 다시 손전등을 뺐다. 신발 끈을 풀어 단오의 형편없는 신발을 다시 원래대로 만들었다. 폭신한 문을 넘어 밝은 낮으로 돌아왔다.

세 사람은 건물을 나섰다. 꿈틀거리는 것도, 바스락거리는 것도 그대로였다.

“눈이 와요.”

단오는 손을 펼쳐 작은 물방울을 느꼈다. 연서와 형운도 고개를 들어 하늘을 바라봤다. 새하얀 구름이 끼어 햇빛 한 줄기 비추지 않는 하늘 아래로 작은 눈송이가 떨어지고 있었다. 해를 볼 수 없는 날의 연속이었는데, 오늘을 위해서 준비를 한 것인가 생각했다.

“아무도 없으면 어떡하죠? 결국에 아무도 없으면, 우리는 어떻게 살아야 할까요?”

형운의 말에 그러게요, 단오는 대꾸했다. 움직임이 멈춘 것들을 바라봤다. 살려고 몸부림치던 것들이 죽어 갔다. 얼마나 허망할까, 저것들도. 연서는 벗어나려고 했던 것들에 동정을 느꼈다. 이상한 감정이었다.

어디로 가야 할까, 그저 높은 계단 위에 서서 세상을 바라봤다. 어디로 가야 옳은 것일까, 우리는 결국에 살아가야 할까, 이상한 생각도 들었다. 형운의 두 눈도 같은 물음을 담고 있었다.

“여기 와 봐요!”

어디론가 사라졌던 단오가 나타나 손짓했다. 빨리

요! 단오는 급한지 발을 동동 구르며 계단 아래에서 두 사람을 불렀다. 연서와 형운은 느릿하게 한 걸음씩 내려갔다.

"저기요!"

단오는 내려오는 두 사람을 등지며 손가락을 멀리 뻗어 어딘가를 가리켰다. 멀리 보이는 곳엔 무언가가 움직였다. 식물이라고 하기엔 움직임이 컸고, 게다가 범위도 넓었다.

"사람, 사람이에요!"

옆에 있던 형운이 단오 곁으로 한달음에 뛰어나갔다. 사람? 연서는 움직임이 있던 곳을 똑바로 바라봤다. 두 손을 머리 위로 흔들어 인사를 하는 듯 보이는 사람이었다. 사람들, 몇 명의 사람들이 보였다.

"…세요?"

멀리서 흘러오는 목소리가 들렸다.

"뭐라고요?"

앞에서 단오와 형운이 소리를 맞추어 커다랗게 외쳤다. 멀리 보이는 사람들도 저들끼리 대화를 하는가 싶더니 입가에 두 손을 동그랗게 모았다.

"괜찮으세요?"

쩌렁쩌렁 닿는 여러 사람의 목소리는 한 갈래로 이어졌다. 연서는 뛰어 내려갔다. 단오와 형운 사이에 들어가 두 손을 입가에 댔다. 그리고 외쳤다.

"네!"

눈송이가 하나씩 세 사람의 머리카락에 붙었다. 금세 동그란 물방울이 되어 버렸지만, 그칠 줄을 모르고 내려앉았다. 하늘에서는 하얀 눈송이가 녹지 않고 머리카락에 붙어 있을 때까지 내릴 참이었다.

세 사람의 표정은 비슷했다. 미소를 머금고 있었다. 다시 저마다 가진 상실을 잠시 잊었다. 그러나 눈이 그치고 녹는다면 또 드러날 것이다. 그럼에도 괜찮았다. 손을 흔들며 마주한 모든 풍경이 녹은 세상 속에서 나아갈 수 있다는 옅은 희망이었다.

연서는 손이 시려 주머니에 손을 넣었다. 까칠하게 닿는 것이 만져졌다. 아, 이거. 연서는 손에 집히는 것을 꺼냈다. 사탕이었다. 이게 왜 여기 있지, 형운에게 하나를 주고 남은 것이었다. 연서는 사탕 하나를 까서 입에 넣었다. 도르륵, 도르륵, 이에 부딪히는 사탕 소리가 들려왔다. 웃음이 났다. 딸기향이 흘러나와 또 웃음이 났다.

휙, 불어오는 바람에 딸기향이 번졌다. 딸기향이 나는 겨울바람이었다.

두 번째 겨울바람이 불었다.

작가의 말

일주일에 한 번, 같은 골목을 지난다.

한쪽으로는 초등학교 담벼락이 높게 서 있고 다른 한쪽에는 몇 채의 빌라가 있다.

골목을 지나다 보면 계절이 바뀌는 순간을 경험하는데, 굳은 땅을 뚫고 잎이 고개를 내밀 때면 어느덧 봄이구나, 알 수 있다.

이렇게 보면 낭만적인데… 문제는 여름이다. 여름이 되면 똑같이 생긴 통통한 잎들이 골목 양옆을 전부 메워 버린다. 우연히 골목 중간에서 동글동글한 수백 개의 잎을 목격했고, 기이한 광경에 소름이 돋았다.

그날 보았던 골목의 풍경은 기억 속에서 자꾸만

튀어나와 몸서리치게 했다. 사라지지 않고 계속 나타나 괴롭혀 댔고, 이럴 바엔 그 식물의 이야기를 써야겠다고 생각했다. 그러나 신기하게도 도무지 글로 이어지지 않았다.

그 무렵엔 뱀파이어 위켄드의 노래를 즐겨 들었다. 정원사가 말하길 어떤 식물은 움직인대, 재생하던 노래에서 가사 한 줄이 선명하게 들렸다. 순간 골목에 있던 식물들이 떠올랐다. 식물들이 움직이고, 사람들을 괴롭히고… 《초록 안의 세계》는 여름에 지나온 골목과 〈Hannah Hunt〉라는 노래에서 나왔다는 것을 밝혀 둔다.

아마 혼자였다면 《초록 안의 세계》는 영영 노트북 어딘가에 묻혀 있었을 것이다. 세상으로 나오기까지 도움을 주신 분들에게 감사를 전하고 싶다. 먼 길 돌아갈 뻔했던 글에 세심한 이정표를 하나하나 달아 준 이경희 작가님, 시작부터 끝까지 글에 대해 함께 고민하고 조언해 준 테오 PD님께 커다란 감사를 전한다.

돌아오는 여름에도 아마 난 그 골목을 지날 것이다. 그곳을 거치지 않으면 한참이나 돌아가야 하기 때문이다. 성격이 급한 나는 골목 중간에서 다시 식물을 발견하고 발걸음을 재촉할 것이다. 그럼 잠시나마 연서가 되어 볼 수 있지 않을까, 생각한다.

프로듀서의 말

한국콘텐츠진흥원과 안전가옥의 '2022 신진 스토리 작가 육성 지원 사업'을 통해 발굴된 신진 작가님들의 작품들이 안전가옥의 새로운 라인업 '노크'의 포문을 엽니다. 2022년 5월부터 3개월간, 단독으로 소설 단행본을 출간한 적이 없는 창작자들을 대상으로 모집했고, 제출하신 원고에 대한 심사와 면접 심사 등을 거쳐 여덟 명의 신진 작가님들을 선정하여 함께 프로젝트를 진행했습니다.

2022년 10월, 스릴러의 대가 서미애 작가님의 특강을 시작으로, 안전가옥 스토리 PD들과 일대일 멘토링이 진행되었습니다. 월 1회 현직 작가님들의 스릴러

작법 특강을 비롯하여 개별 작품 맞춤 피드백까지, 짧은 시간이지만 압축적으로 신진 작가님들의 원고를 갈고닦았습니다.

이번 프로젝트의 핵심 키워드는 '스릴러'로, 이 장르의 특징은 나의 평범했던 일상을 위협하는, 그래서 나의 삶이 변화할 수밖에 없는 지점을 긴장감 있게 다루는 것입니다. 이를 중심으로 다양한 장르와의 결합을 통해, 범죄 스릴러, SF 스릴러, 판타지 스릴러, 하이틴 스릴러 등 작품마다 차별점을 두었습니다.

《초록 안의 세계》를 단순하게 말한다면 갑작스럽게 찾아온 재난 속에서 살아남고자 하는 연서의 이야기일 것입니다. 그러나 연서의 삶은 괴이한 식물이 서울을, 사람들을 습격하는 재난이 벌어지기 전부터 이미 살아 있되 살아 있지 않은 상태였다고 할 수 있습니다. 사랑하는 딸을 잃었고, 자신에게 가장 소중한 피아노를 제대로 마주 보지 못하며, 그나마 있는 가족은 그녀를 떠나 있거나 그녀 자체를 이해해 주지 않았습니다. 그렇기에 오히려 실체가 있는 위협보다 보이지 않는 상실 그리고 애도하지 않은 슬픔의 감정들이 연서를 더 괴롭히고 살아 있지 못하게 했을 거라 생각합니다.

이러한 점에서 재난물이란 장르의 가치를 다시금 곱씹게 됩니다. 인간의 힘으로 어찌할 수 없는 불가항력의 재난은, 인간의 삶을 가능케 하는 기반이란 것이 얼마나 약하고, 허상에 가까운지 깨닫게 해 줍니다. 그러나 그러한 재난이 연서를 움직이게 했습니다. 파국이 찾아왔을 때 비로소 온전히 자신이 될 기회 또는 선택이 주어졌습니다.

비록 연서가 허구의 인물이라 하여도 그녀가 겪게 되는 여러 '재난'이 우리가 처한 현실과 그리 멀리 떨어져 있지 않음을 느낄 수 있습니다. 어쩌면《초록 안의 세계》속 괴이한 식물들이 파괴하는 것은 우리 현실의 잘못된 무엇, 깨부수지 않으면 안 될 무엇일지도 모르겠습니다.

연서를 살아 있음의 세계로 나아가게 한 것은 재난이지만 그 고통스러운 재난의 와중에서 결국 얻게 된 것은 무엇일까요. 이제 이야기는 끝났지만, 이야기 이후에도 이어지는 여정 역시 계속해서 얻고, 잃고의 반복일지도 모르겠습니다. 연서와 단오의 어려운 여정에 함께해 주신 모든 분들에게 깊은 감사의 인사를 전

합니다.

안전가옥 스토리 PD

윤성훈 드림

노크 | 03

초록 안의 세계

1판 1쇄 발행 2023년 3월 28일

지은이 이서도

기획 안전가옥
콘텐츠 총괄 이지향
프로듀서 윤성훈
고혜원, 김보희, 신지민, 이수인
이은진, 임미나, 조우리, 황찬주
퍼블리싱 박혜신, 임수빈
편집 손미선
디자인 박연미
서비스 디자인 김보영
비즈니스 이기훈
경영지원 홍연화

펴낸이 김홍익
펴낸곳 안전가옥
출판등록 제2018-000005호
주소 04779 서울특별시 성동구 뚝섬로1나길 5,
헤이그라운드 성수 시작점 201호
대표전화 (02) 461-0601
전자우편 marketing@safehouse.kr
홈페이지 safehouse.kr

ISBN 979-11-91193-98-5 (03810)

이 책은 한국콘텐츠진흥원 2022 신진 스토리 작가 육성 지원사업에 선정되어 발간되었습니다.